Rastros no massapê

Rastros no massapê

João Luiz Azevedo

xilogravuras

Julia Contreiras

Editora Quelônio

Dedico este trabalho à minha mulher,
Glícia, testemunha do meu passado fugaz,
partícipe do meu presente efêmero
e companheira do meu futuro eterno,
mesmo quando nossa frágil matéria
tiver se esvanecido de todo.

Sumário

Apresentação

por Vanessa Ferrari

Nascido em 1940, em Alagoas, o protagonista de *Rastros no massapê* relembra uma infância bucólica. O vale do Coruripe era o quintal de sua casa e a vegetação rasteira, a estrada dos passeios a cavalo. As mentiras para fugir da cossa da mãe, os roubos de cocos do vizinho, a lambreta velha que comprou por "quatro tostões furados", entre outros episódios, forjaram o homem que ele viria a ser.

O parto complicado no casarão da família parecia dizer àquele garoto que, apesar das benesses da riqueza, era bom se aprumar para o revés da vida. Longe de uma trajetória de fardos, ao menos em um episódio de sua existência o malogro deu as caras, e muito recentemente. Pouco antes de escrever essa biografia ficcional, João Luiz Azevedo havia tomado uma batelada de fármacos e se submetido à quimio e à radioterapia para metralhar células cancerígenas no esôfago. A remissão foi recebida com pragmatismo: "Eu sou médico experiente, sei muito bem que se trata de uma remissão completa, mas muito provavelmente transitória". A expurgação veio por esses fragmentos de memória, em que o limite entre verdade e ficção é tênue ("eu minto muito no livro", diz o autor) e irrelevante, uma vez que a narrativa fala por si.

A infância foi cercada de amigos e a juventude se deu entre rusgas na faculdade, brigas de bar e a paixão por Glícia, que culminou em um casamento que já dura décadas. Para alegria de seu pai, ele ingressou no curso de medicina; para o seu desespero, aderiu ao movimento estudantil que resistia à repressão dos anos 1960. Seu gosto pelas causas, aliás, parece ter vindo de outro *gauche* da família, João Moreira de Carvalho, o Barão de Penedo, tetravô do autor, que serviu à Coroa Brasileira e somou afrontes durante o mandato, como no episódio em que pôs pra correr espiões ingleses que se aboletaram no Amazonas alegando "fins científicos". O Barão de Penedo, embora figure nos anais da história e seja admirado pelo autor, se acomoda na mesma prateleira afetiva dos outros personagens, à revelia do status do sujeito, e é no retrato generoso dessas pessoas que está a força do livro.

No campo dos embaraços, o autor obedeceu à máxima de Tchekhov sobre biografias: "Quem entra na dança tem que dançar, e, por mais horrível que lhe pareça, deve vencer a própria repulsa, emporcalhar a própria imaginação com a lama da vida." A certa altura, João Luiz conta sem rodeios sobre a demissão de um casal de empregados, que há anos servia a família, por um roubo que, mais tarde, seria assumido por forasteiros. O estrago, porém, estava feito. Os acusados se mudaram da cidade, deixando o jovem patrão às voltas com o arrependimento.

A tomar por esses relatos, Joãozinho, o perigoso, não fez jus ao apelido da infância. Se ele vivia metido em encrenca, também carregava uma porosidade de espírito de quem flerta com a vida, acolhe as diferenças e tem fascínio por boas histórias. Tampouco a hipótese sobre o próprio livro se confirmou: "É verdade que os moribundos se refugiam nas lembranças da infância e juventude, em busca de sua verdadeira identidade. Traz alívio. Pensei em reportar os eventos que vivi. Sempre tão irreverente e iconoclasta no trato com a vida e a obra dos outros, eis que temo escrever essas memórias de forma tão mordaz e impenitente que já não restará, ao final, senão eu mesmo a simpatizar comigo."

Pois João Luiz não poderia estar mais enganado. Ao ler os seus rastros no massapê, o leitor sentirá empatia por essa figura que ainda carrega o idílico nas entranhas e a energia daquele garoto de Coruripe, o que é um feito para um homem prestes a completar 78 anos.

Se eu não for por mim, quem será?
Mas, se eu for só por mim, que serei?

Ditado Talmúdico

1.

O fantasma do Barão faz uma visita

Não era propriamente noite, e sim o lusco-fusco do crepúsculo. Falo do vale do rio Coruripe, no nordeste brasileiro. As águas desse rio, lodosas e escuras naquele início de inverno, corriam revoltas para o mar, palpitando estranhamente sob o olhar gelado de uma lua plena carmesim.

Luar de sangue.

De cada margem do rio, sobre a terra pantanosa, estendia-se ao longe um emaranhado de vegetação rasteira, traiçoeira, perigosa. Em meio a ela havia plantas venenosas. Levantei os olhos: sentado numa pedra estava um homem magro, encurvado, velho, taciturno. Exibia a fronte alta e pensativa, os olhos profundos e melancólicos. A pele do seu rosto era da cor de bronze, crestada pelo sol. Pendia-lhe dos ombros a toga negra dos magistrados, cobrindo-o até os pés. Assentou-se no rochedo, deixou pender a cabeça sobre a mão e espraiou a vista pela soledade. Eu o espreitava sempre, do meu esconderijo, e o homem tremia na solidão.

Reconheci o ancião por fotos que já vira: era meu antepassado, tio-trisavô, Francisco Inácio de Carvalho Moreira, o Barão de Penedo. Tinha ali o talhe de quando morreu, aos 93 anos. Por que voltava agora à nossa fazenda, onde vivera os anos moços? Estaria matando as saudades do Engenho Glória, fundado por seu pai já se vão mais de cento e cinquenta anos? Lembranças de suas estadas, nos intervalos dos negócios do Império, onde militou por quatro décadas, até à proclamação da República? Melancolia nascida de sua condição atual de desencarnado, que não lhe permite mais caçadas e pescarias? E a sua atitude pesarosa, seria desgosto pelos crimes sofridos e perpetrados ali pela família, pelo sangue derramado nessas terras?

O Barão teve três filhos, que não sobreviveram a ele. Seu sobrinho, Coronel João Moreira de Carvalho, teve cinco meninas: Avia, Cândida, Marie-Jeanne, Víssia e Zenóbia. A primeira casou-se com o médico Amabílio Coutinho, assassinado aos trinta e três anos, numa emboscada. Amabílio gerou Jumelice, Amair, minha mãe, e Luiz Coutinho, o "titio". Este assassinou um desafeto e foi pai de Cosme Damião, criança morta a tiro de arma de fogo aos sete anos de idade, enquanto brincava com seu pajem, um infante um pouco mais velho. Responsabilizado pela morte do garoto, o pajem foi logo estrangulado por jagunço não se sabe com certeza a mando de quem. Em seguida foi a vez do infanticida, arrebentado a tiros.

Para minha família, tudo começou com engenhos produtores de açúcar e rapadura (Santa Cândida – o "Pescoço" – e Glória), que se tornaram depois fazendas fornecedoras de cana-de-açúcar à usina que se instalou no vale e monopolizou o mercado açucareiro, inviabilizando financeiramente os antigos engenhos.

Permaneceu intocada a pecuária bovina, como importante fonte de renda da fazenda.

Quando nasci, havia trinta e quatro anos que o Barão de Penedo falecera.

Vim ao mundo há setenta e sete anos, na cama de casal de nossa residência, num parto complicado. Lá fora chovia e trovejava. Tempestade furiosa, de raios, chegou deslizando barreiras e matando gente no bairro do Vergel do Lago, em Maceió, Alagoas. Alminhas esvoaçantes de crianças soterradas no desastre subiam aos céus, onde ficavam empoleiradas e prontas para, num voo rasante, retornar à Terra e preencher os corpos de nascituros, como eu. Foi meu pai quem, sendo médico, me trouxe ao mundo, pouco antes de ir socorrer os flagelados. Ele fora obrigado a fraturar minha clavícula direita para desenganchar meus ombros largos, empacados no canal do parto.

Hoje, muito tempo depois daquela noite turbulenta, estou aqui numa imensa máquina de petscan. Ela gira sobre mim, escrutinando a extensão do meu câncer de esôfago, depois de eu já ter passado pelo tratamento por irradiação e quimioterápicos.

O tumor foi diagnosticado há oito meses. Bombardeado por miríades de pósitrons, meu corpo está sendo agora retalhado em finas fatias de imagens. O flúor radioativo captará acúmulos de células malignas por todo o meu organismo, denunciando em chapas radiográficas a sua presença, caso ainda persistam. Meu desconforto é enorme, a posição forçada, com os braços estendidos sobre a cabeça, o corpo entortado de lado.

Finalmente, o zumbido da máquina para, as lâmpadas se acendem e uma enfermeira entra na sala. É uma negra forte, de meia-idade, com porte elegante e cabelos crespos grisalhos nas têmporas, que lhe conferem um ar distinto. Intuí que ela decidira não tingi-los. Sobre o avental imaculadamente branco pendia uma cruz dourada. Com gestos despachados, mas não bruscos, alçou-me pelos ombros e pôs-me sentado na mesa de exames. Emanava dela uma leve fragrância de lavanda. Pôs um par de olhos negros e compassivos sobre mim:

— Agora o senhor vai pôr a roupa e aguardar na sala ao lado. Vamos ver se o exame deu certo.

Eu estava apenas de cuecas por baixo do avental, que troquei pela calça e camisa. Calcei os sapatos e entrei na sala de espera, aguardando ser dispensado.

Tinham se passado quatro meses, desde a última vez que estive naquela sala. Na ocasião, os resultados de sessenta dias de quimioterapia intensiva, feita com três fármacos antitumorais diferentes, foram avaliados com petscan e mostraram que o tumor persistia no esôfago e, por isso, operar se tornou uma necessidade. A cirurgia implicava na remoção da maior parte do esôfago e de todo o estômago, uma operação longa, de aproximadamente oito horas.

Um entre cada quatro operados da minha idade morre na mesa de cirurgia ou nos primeiros dias após a intervenção. Nos sobreviventes, o sofrimento pós-operatório e as complicações são atrozes. A qualidade de vida após a alta hospitalar é péssima. Além disso, só um pequeno percentual sai curado. De qualquer forma, uma tentativa devia ser feita.

Por isso, há quatro meses, antes de ir para a mesa cirúrgica, eu tinha de ver se a doença havia se disseminado para outros órgãos, o que tornaria o procedimento inútil. Naquela ocasião, como agora, eu aguardava o parecer sobre a qualidade do exame. Só que meu estado de espírito era bem diferente do de hoje. Naquele dia, caso não fossem encontradas lesões à distância, conhecidas como metástases, eu seria operado. Temia não acordar, ou acordar na UTI com dores lancinantes e limitações extremas, atado à cama e preso a tubos que entrariam pela uretra, boca, traqueia, e me deixariam incomunicável. Eu poderia morrer ali, solitário, sem nenhum amigo ou familiar para me despedir ou segurar-me a mão.

Jamais pensei que fosse morrer um dia. Nunca uma tragédia dessa magnitude iria ocorrer comigo. O coração parando de bater para sempre. O sangue fluindo passivamente para a parte inferior do corpo, onde se acumula numa área escura e contrasta com a pele flácida, que empalidece de modo gradual. Bactérias invadem e se multiplicam sem que nada possa detê-las. Enquanto isso a temperatura do corpo cai. É um cenário desolador. Isso é devastador demais para acontecer comigo.

Naquele dia eu torcia por metástases no petscan, para que a cirurgia não fosse feita e eu pudesse morrer tranquilamente em casa, entregue à invasão da doença, dopado de morfina, mas cercado por pessoas que eu amava e com os órgãos todos no lugar. No entanto, o lítio radioativo não detectou lesões fora do esôfago e imediações, sugerindo que a doença não havia se espalhado, de modo que a cirurgia foi marcada.

Logo no início da operação, viu-se que o exame se mostrara equivocado, pois havia um fragmento de tumor na minha pleura, a pelezinha que recobre os pulmões. Pronto. Isso mudava tudo. A doença já havia se disseminado e a cirurgia devia ser cancelada. Quando acordei, a primeira coisa que vi foi o rosto de minha esposa, que é anestesista e acompanhava a operação. Mentalmente registrei sua expressão de angústia e, ao levar a mão à boca e constatar que não havia nenhum tubo para me ajudar a respirar, percebi que não estava na UTI e que a operação havia sido abortada.

Seguiram-se sessões de radioterapia intensiva, vigorosa, por dois meses, associadas a doses maciças de quimioterápicos. Depois, veio uma pausa de sessenta dias para a recuperação e outro petscan — este de agora — para avaliar a eficácia do tratamento. Mais uma vez, eu aguardava naquela sala a liberação dos médicos.

Fitando o vidro fosco da janela, eu divagava absorto. Pensava no Barão de Penedo, meu tio-trisavô. Sua figura acolhedora estaria à minha espera do outro lado? Será que fui digno do seu nome nessa minha viagem? Teria tido eu a mesma integridade dele, revelada em sua carta-resposta de 1889 a Rui Barbosa, que li aos nove anos de idade, exibida ao pé de sua foto na "Sala dos Mortos" da casa-grande da nossa fazenda?

Na carta, ele recusava o convite para continuar, na República recém-proclamada, o seu labor de quarenta anos à frente da diplomacia brasileira, a serviço do agora deposto e exilado imperador do Brasil, D. Pedro II: "...Em resposta à sua atenciosa comunicação (quando V. Exa. atesta que o governo provisório da República, que representa, espera o concurso ativo do meu patriotismo, experiência e consideração na Europa), cumpre-me dizer-vos que, há quase quarenta anos, tenho tido a honra de representar o Brasil na América e na Europa como ministro do imperador; e não é, ao findar de tão longa carreira diplomática, que me seria possível, sem esquecer todo o meu passado, entrar no serviço de um novo regime, destinado a substituir a Monarquia abolida no Brasil [...]

é sabida por todos [...], a dedicação profunda que sempre tributei ao meu venerável Monarca, a quem sou devedor de amizade e gratidão. Estes sentimentos[...] tornaram-me incompatível com o novo estado de cousas, de ser-me absolutamente impossível aceder à expectativa do Governo Provisório, enunciada de modo tão benévolo por V. Exa., o que muito lhe agradeço".

De volta à sala de espera do hospital, estranhei a demora das notícias sobre o petscan. Por fim, alguém apareceu e disse que o exame estava a contento, mas o radiologista queria conversar comigo. Fui ter com ele. Era um moço muito sério, de óculos. Com minha ficha na mão, leu meu nome completo:

— É o senhor mesmo?

— Sim.

O médico voltou a examinar meu prontuário, onde estava apensada a descrição da lesão para orientar o radiologista: "Controle de tratamento radioterápico associado à quimioterapia de câncer de esôfago com sete centímetros de comprimento, estenosante (0,75 centímetros de diâmetro intraluminar), diagnosticado por endoscopia com biópsia, há oito meses. Metástases linfonodais e pleurais vistas na toracoscopia. Paciente refere desaparecimento total dos sintomas após o último tratamento".

— Sente aqui junto de mim, professor. Veja isto. Não há vestígio do tumor em lugar algum.

— Obrigado, doutor. Eu sou médico experiente, cirurgião do sistema digestório, sei muito bem que trata-se de uma remissão completa, mas muito provavelmente transitória.

Remissão completa de câncer após tratamento não significa cura, e sim que apenas não há sinais de sua atividade. Sendo o câncer, em sua essência, uma doença dos genes, é possível que permaneçam vivas células-tronco com genes cancerosos após tratamento. Elas são mais resistentes e atuam como reservatório de câncer, regenerando o tumor. É por isso que a doença volta com tanta frequência.

Há tumores pouco malignos, que vão crescendo lentamente e quase nunca se espalham pelo corpo. Outros são muito agressivos. O meu é do pior tipo, um câncer de esôfago que invade tudo e mata rápido, principalmente quando é descoberto tarde, já com invasão à distância e sem poder operar. Com sorte e tratamento por irradiação e remédios, pode-se obter a remissão total — como foi meu caso — mas só muito raramente há cura. O bicho volta. E vem preparado, resistente, passado na casca do angico, como se diz no Nordeste. Isso porque as células-tronco cancerosas que sobram são as que não morrem com ele. Mais comumente a volta se dá (no caso do tipo do meu tumor) no cérebro, no pulmão e no fígado. Então é tiro e queda. É provável que eu venha a morrer disso, mas quando?

A cercania da morte me fez meditar. É verdade que os moribundos se refugiam nas lembranças da infância e juventude, em busca de sua verdadeira identidade. Traz alívio. Pensei em reportar os eventos que vivi. Sempre tão irreverente e iconoclasta no trato com a vida e a obra dos outros, eis que temo escrever essas memórias de forma tão mordaz e impenitente que já não restará, ao final, senão eu mesmo a simpatizar comigo. E Deus sabe que estou a necessitar de simpatia e consolo aqui e alhures. Mas quem sabe a outrem pode servir esse relato?

2.

Joãozinho, o Perigoso

Deixe-me logo dizer que o apelido de Joãozinho, o Perigoso, grudou em mim junto à petizada na faixa dos sete anos, porque partiu logo de quem se esperavam só elogios a meu respeito: minha mãezinha. Eu a perdoo porque fui assim por ela etiquetado num momento de muito desespero e apreensão: tive ambos os braços fraturados à altura dos punhos, ao aparar uma queda das alturas de duas robustas árvores cujas sombras nos refrescavam naquele início de tarde, após o almoço. Nós, as crianças, estávamos num terreno que dava para o quintal de nossas casas, baldio, mas bem cuidado, porque pertencia à Capitania dos Portos, e os oficiais moravam em casinhas simpáticas de frente para ele. Aquelas duas árvores eram tão próximas uma da outra que os galhos quase se entrelaçavam. Na companhia dos malfeitores mirins que curtiam comigo a sombra do arvoredo, no dia anterior assistimos ao filme de Tarzan, no qual o Rei das Selvas transitava volátil nas copas das árvores da selva africana, pulando incólume e fagueiro de galho em galho. Quis imitá-lo, saltando de uma árvore para outra. Não consegui e me arrebentei todo. Depois menti miseravelmente: "Corria atrás da bola quando me emaranhei na raiz da árvore e dei de cara no chão".

Uma vizinha viu e delatou: "Ele caiu da árvore!".

— Meu Deus! Esse menino é muito perigoso.

No terreno da Capitania dos Portos, que ficava logo atrás do meu quintal, não havia apenas as casas dos marinheiros e árvores para brincar de pega-pega, como também um verdíssimo gramado para a gente jogar bola. Chegados do colégio ao meio-dia, logo depois do almoço toca que toca os deveres e então todo mundo pra Capitania. A patota era boa. Uns vinte. Tudo na faixa dos catorze anos, vindos de todo lado, na maior mistura. Havia filhos de magnatas e da minha lavadeira. Esses faziam uma escadinha de tamanhos. Paulinho, Cleto e João. A pele morena, tinham sangue de índio, com olhos puxados e cabelos lisos. Cleto era o mais velho, zagueiro feroz e fortão. João, magrelo e alto, tinha um defeito nas pálpebras que não deixava que seu olho se abrisse direito. A gente pensava que ele não enxergava, até que passasse a bola por entre as nossas pernas e fizesse um gol num ângulo impossível. Brilhava mesmo era nos jogos na areia fofa, na beira do mar. Então ia quicando a bola num pé e noutro e correndo ao mesmo tempo. Não tinha um gênio bom: de vez em quando brigava driblando e ninguém conseguia acertá-lo. Paulinho, aos doze anos, só servia para gandula. Mas era craque no futebol de botão de mesa. De vez em quando estava lá em casa jogando comigo. Lá brincávamos também de luta de espadas, com os remos do aparelho de ginástica da mamãe. Certa feita Paulinho veio com um remo, foi direto no meu dente da frente e partiu-o ao meio. Minha mãe entrou em choque, mas aceitou quando ele disse que não foi por gosto. Eu mesmo tenho dúvidas até hoje. De qualquer modo, não me importei muito, porque diziam (algumas meninas, claro) que o dente quebrado era charmoso.

Quando eu era bem menor, comecei a namorar a filha de um capitão-tenente que morava na Capitania. Não me lembro do nome dela. Só do rabo-de-cavalo. Havia a carcaça de um trem arruinado e ela prometeu beijar-me no último vagão dele, quando eu o restaurasse. Tentei, mas só consegui catar por ali uns aros enferrujados que não serviram para nada.

Já frangote, passei um mau bocado naquela Capitania. Estava trepado num galho, nem alto nem baixo, bem em cima do gol que o Cláudio estava guardando. Distraído com o jogo, cuspi bem na cabeça dele. Não foi grande cusparada, só uns salpicos. E foi um acidente. Juro! Pedi desculpas, mas ele não quis saber. Tinha maus bofes. Dizia-se que vivia revoltado porque a mãe era viciada em remédios fortes. E era grandalhão. Pegou a bola número cinco do jogo e ficou tacando em mim, para que eu descesse e ele me pudesse dar uns cascudos. Preferi aguentar as boladas, mas choraminguei um pouco, porque doíam mesmo. Já estava três a zero contra ele quando Sérgio, meu primo, apontou o gol oposto. Ele era um ano e um dia mais velho que eu, mas era um cara todo blindado. Parecia uma geladeira. Uns e outros chegaram perto dele e dedaram as boladas que levei. Ele veio caminhando sem pressa em direção ao Cláudio e assentou-lhe um chute no joelho, dando-lhe mais uns sopapos. Então eu desci para ver o jogo e o cara levou mais um gol, mas acho que foi por causa do olho meio tapado.

Também dava para o terreno da Capitania a casa das moças Falcão. Eram três, cada qual mais bonitinha que a outra. No quintal delas havia pés de coqueiro-anão da maior suculência, com as frutas bem baixinhas. O portão era amarrado com arame. De noite, juntamos todos e planejamos tudo. Durval era filho de dono de sítio e sabia agir. Ele tinha de fazer o mais difícil: ser o primeiro da fila e tirar o coco do pé sem fazer barulho. Depois foi passando para nós até chegar à entrada e vir parar no Caga-Ralo, um menino negro morador de rua muito vivo que a turma adotou. Ele foi levando a carga até um socavão, onde a guardou. Foi pra mais de trinta cocos. Fomos todos dormir em paz.

No dia seguinte houve um zum-zum-zum danado. Quem foi, quem não foi, um ladrão estranho, os pais comentando em casa, as Falcão se lastimando. O delegado foi chamado. Diligência inútil. Ninguém sabe de nada. Aguardou-se a coisa esfriar e três dias depois fomos todos ao socavão, na luz do dia, e comemos e bebemos tudo.

Então dias depois meu pai chamou-me ao gabinete e foi taxativo. Sei que você está no meio, Caga-Ralo disse tudo, não negue. As Falcão deram um prato de comida e ele entregou. Isso é coisa de rapaziada, tudo bem, nós vamos pagar os cocos, mas me diga. Quem estava mesmo? O Caga-Ralo não disse? Não, ele só disse os nomes de uns três e depois sumiu. Fale aí só pra eu saber, disse rindo. Então eu dei uns nomes muito na confraternização. Papai saiu dali e foi de casa em casa informando.

Vá confiar em pai!

Na frente da minha casa tinha uma praça muito bonita, com lago e coreto, chamada da Liberdade. No centro do lago erguia-se estátua altaneira, com face indecifrável. O coreto estilizado, aberto, amplo, era a nossa manja, que indica o local seguro onde o participante do pega-pega fica imune à lixa. É assim: alguém é designado para pegador e corre atrás de qualquer um que puder agarrar. Tocada a vítima, desencadeia-se uma chuva de tapas de todos sobre ela, a lixa. Mas quando um perseguido toca a manja, fica imune. Nossas manjas preferidas eram o coreto e uma árvore da praça. Confundir-se podia ser fatal, como ocorreu com Túlio Gabriel, que, sob tapas, choramingou:

— Não ficou certo que a manja era aqui? — clamava com voz lancinante, entre lágrimas, agarrado à árvore — por que agora é ali? — e apontava o coreto.

Nossa praça foi palco de correrias e namoros mil. As moças mais velhas eram deslumbrantes. Os rapazes já feitos e sérios as disputavam, havendo sempre casais de namorados nos bancos. E as meninas menores, da nossa idade, eram as mais lindas deste mundo e do outro! Tanto é assim que despertavam paixões tão violentas, que rapazolas de gangues vizinhas arriscavam o pescoço. Muitos queriam vir namorar na nossa taba. Os mais sabidos primeiro se aproximavam de nós, faziam amizade. Ofereciam-nos cigarros ingleses comprados nos paquetes ancorados bem ali perto, no nosso porto. Uns raros, tolos imprudentes, vinham com tudo. Foi o caso de Geo, da praça Rayol. O cara era fortão e abusado. Namorando nossa Solange, chegava e saía sem nem nos olhar na cara. Fazer o quê? Bater num só é covardia. Primeiro, vamos avisá-lo. Se continuar, o pau come. Fomos uns quatro falar com ele. Sustentou o olhar. Não se deu por achado e convocou a patota lá dele. Marcamos pra dali a duas noites. Juntamos porretes e facas de cozinha, escondendo tudo nas moitas podadas que faziam cercas vivas na praça.

Na noite combinada, vimos surgir cinco deles do beco dos armazéns da Alhambra. Só isso? Aguardamos. Achegaram-se, com socos ingleses e correntes. Quando os abordamos, surgiram os outros no beco: Reforço! Todos juntos e misturados, houve pequenas escaramuças. Carlinhos, canhoto, foi só quem acertou bons murros neles. Os outros, só golpes defendidos, dos dois lados. Quem bramiu porretes e correntes e empunhou facas não os desferiu.

Tudo boa gente.

Uma única baixa: Preguinho, da turma dos mais velhos, que estava namorando na praça, visando apaziguar a meninada, por ser baixinho quis se mostrar, e tentou tomar uma faca. Feriu-se na mão por acidente e foi levado pra tia Amair pensar o ferimento.

Batizado com este sangue, Geo pôde namorar à vontade e até tornou-se nosso amigo.

Cabra macho!

Durante toda a minha infância e adolescência, frequentei os ambientes rural e urbano, passando as férias na fazenda e o período escolar na cidade de Maceió, que era paradisíaca, com pouca gente. Havia praias e lagoas por toda parte. Golfinhos nadando no mar à nossa frente.

Morávamos à beira-mar, na praia de Pajuçara, numa casa enorme. Minha mãe, Amair, jardinava, plantava no pomar e trazia para o nosso quintal animais da fazenda. Lá no extremo do quintal, junto ao muro, havia um pequeno bananal. No mesmo espaço mamãe criava abelhas africanas, que de vez em quando nos aferroavam sem piedade. Era uma dor horrível. Mamãe atalhava o pranto: homem não chora, meu rapaz. Nesse tempo — no tempo de minha mãe —, animais silvestres coabitavam num cercado. Havia uma espécie de piscina onde patos nadavam e procriavam, galináceos de raças bem definidas conviviam com marrecos e guinés (galinhas d'angola). Nos galhos dum enorme pé de cajarana, saguis brincavam e à sua sombra um veado galheiro passeava livre.

Os cães da família circulavam por ali: o meu, de nome Ami, um cocker spaniel preto e peludo, de extrema utilidade na pronta coleta de aves abatidas nas passarinhadas na fazenda Glória, e vítima de apavorantes crises de epilepsia. Petit, de minha irmã mais velha, Vivice, sem nenhuma raça nem habilidade especial, salvo a de posar bonito, exibindo a belíssima pelagem. Mimoso, de minha irmã caçula, Clara Maria, vira-lata malhado, famoso por salvá-la com heroísmo da agressão de um grande cão dinamarquês do vizinho que a atacou enquanto passeavam. Radar, um grande pastor alemão, nosso cão de guarda.

Apesar de não ter nenhum irmão, havia seis primos, mais ou menos da minha idade. Volta e meia, fazíamos travessuras lá em casa sob a égide de minha mãe, a tia Amair. Havia também as turmas das primas e amigas das minhas irmãs. Dezesseis anos era a diferença entre a mais nova (Clara Maria) e a mais velha (Vivice). Eu ficava bem no meio: oito anos pra lá e pra cá.

Nas férias, a casa da tia Amair e do Dindinho João — meu pai, médico, parteiro, clínico geral e pediatra, como era comum naquela época, trouxe ao mundo a maioria deles e era quase um padrinho universal — configurava-se num grande clube festivo, diversificado. No final do ano, viajávamos em caravana para as fazendas da família, Santa Cândida e Glória. Esta ficava num vale, no fundo do qual cursava um rio onde a pesca era farta e as águas cristalinas sobre a areia grossa e clara. Ali se fazia um remanso, onde a corrente era fraca e a profundidade, grande, ideal para o banho.

Refrescados, íamos todos rumo ao mar e à praia do Pontal do Coruripe, partindo da fazenda Glória, ou então seguíamos para o interior, em direção à outra sede das terras da família, situada num planalto, que se chamava engenho Santa Cândida. Esta era uma viagem de trilhas estreitas que cortavam a Mata Atlântica, na companhia de sucuris, porcos do mato e outros bichos silvestres.

Meus primos e eu vivíamos numa eterna brincadeira, embalados pela natureza propícia dos alagados, rios e mares de Maceió. Carlinhos Lessa, Sérgio Azevedo e eu, na ocasião todos em torno dos dez anos de idade, tínhamos uma rotina nas manhãs de sábado: liberados pelo colégio às dez horas, seguíamos para o campo de batalha (as escadarias do consultório de meu pai), para nossa guerra semanal de tampas de lixo (escudos) e vassouras (espadas), à espera do fim das consultas médicas para irmos todos para minha casa, almoçar. Nessas atividades aguerridas, fomos muito inspirados pelas lutas de Orson Welles em *Macbeth*, a que assistimos clandestinos no Cine Rex, burlando o limite de idade.

Carlinhos, sabido como sempre, posicionava-se no topo da escada, e o adversário da vez, Sérgio ou eu, em nítida desvantagem ao enfrentá-lo de baixo para cima. Era uma luta tenaz, enquanto os pacientes de meu pai e seus familiares passavam por nós nas escadas, temerosos de ver suas cabeças decepadas por tão hábeis espadachins. Os escudos tinham um alça larga que nos permitia introduzir firmemente os antebraços.

Naquele sábado em especial, subindo a escada, esgueirou-se por entre os nossos golpes um paciente, magro e calvo e com cara de poucos amigos. Não deu outra: ao ter com meu pai, denunciou tudo. Em plena porfia, vimos um homem gordo vestido com um avental esvoaçante, branco, se precipitar sobre nós, vindo do alto da escadaria: o dr. João Azevedo. Desta vez a vantagem do Carlinhos transformou-se em manifesto infortúnio, pois foi o primeiro a ser alcançado pelo trompaço do meu pai, pego desprevenido e desferido à traição pelas costas, tropeçando escada abaixo e passando por mim como um bólido. Sérgio e eu, num ímpeto de prudência, depusemos imediatamente as armas e batemos em desordenada retirada.

Horas depois, a bordo do carro de um pai muito carrancudo, fui levado com os outros para o almoço lá de casa. Vestimos nossas roupas de banho e fomos brincar nos trapiches à beira-mar, na praia de Jaraguá, onde meu avô paterno Aureliano, muitos anos antes, estocava seu provimento de sal, que transportava das praias do Pontal de Coruripe.

Naquele dia, os estivadores estavam em greve, e toda a extensão dos grandes armazéns vazios estavam à nossa disposição. Carretas montadas em trilhos serviam de veículos onde uns montavam e outros empurravam, fazendo-as atingir velocidades vertiginosas. É verdade que algumas chegavam a descarrilar e outras, a tombar de lado, mas o que fazer? Eram as trapaças da sorte.

De repente surgem os fiscais, e nos perseguem implacavelmente. Numa manobra desesperada de fuga, Carlinhos e eu saltamos do alto ao solo lateral do trapiche, atolando até os joelhos na lama, inertes e à mercê dos impropérios do chefe dos fiscais, que aparece na janela lateral e, lá de cima, nos ameaça:

— Conheço bem os pais de vocês e vou contar tudo a eles.

Voltamos silenciosos para casa, com a espada de Dâmocles pendendo sobre nossos pescoços sardentos.

Dias depois, Carlinhos e eu voltávamos do colégio no carro do pai dele, o tio João Lessa, que além de médico, era usuário dos trapiches de cocos dos seus sítios. Os armazéns ficavam no Jaraguá, no caminho para nossas casas e, ao passar pelos trapiches, tio Lessa viu um grupo de homens conversando, entre eles o chefe dos fiscais que nos deu a reprimenda.

Pois era justamente com esse sujeito que os negócios tinham de ser tratados e, ao parar o veículo, tememos o pior.

Meu Deus, o que fazer?

Carlinhos teve uma inspiração digna dos gênios e principiou a fazer toda espécie de caretas, logo sendo imitado por mim. Ficamos zarolhos, torcemos a boca e mostramos a língua, ao mesmo tempo que meneávamos a cabeça para lá e para cá, produzindo um efeito visual insólito.

Enquanto isso, conversando com tio Lessa, que não percebia os dois malucos no banco traseiro do carro, o fiscal de quando em vez relanceava o olhar para nós, certamente julgando tratar-se de duas crianças excepcionais que tio Lessa caridosamente transportava. Estávamos salvos.

3.

Beijinho

Quando eu tinha um ano, meu tio Luiz Coutinho me colocou escanchado num cavalão sem sela e escondeu-se por trás do bicho de forma tal que, na foto, eu parecia estar sozinho, milagrosamente equilibrado no dorso do animal. Por isso, digo sempre que quase vim ao mundo no lombo de um equino.

Três anos depois, nasceu na fazenda um potrinho alazão, escuro e luzidio, com botas amareladas nas patas, filho de uma égua de corrida, puro-sangue inglesa, chamada de Baratinha. O recém-nascido tinha salpicos brancos na cara toda, herança do pai, o Caretinha, valente cavalo mestiço de lida da fazenda, campeador árdego, mas dócil e de bom caráter.

— Este potrinho é seu — disse meu tio. Que nome quer dar a ele?

— Beijinho — respondi, tonto de felicidade.

— Zé Rocha! — titio chamou o peão. — Treine o cavalinho e até que ele possa ser montado, bote o menino pra montar o Caretinha, que agora vai ser só dele.

Demorei a dormir naquela noite e só apaguei depois de muito me imaginar cavalgando intrépido, inicialmente no dorso do Caretinha, e logo no lombo do Beijinho, nas areias da praia e sobre vales, rios e montanhas — ao mesmo tempo que vislumbrava Zé Rocha pasmo de admiração e titio sorrindo, benfazejo e orgulhoso.

Beijinho tornou-se um belo cavalo, muito forte e elegante. Sua mestiçagem conferia, pelo lado paterno, a resistência, a coragem e a rusticidade próprias dos que conseguiram sobreviver a um ambiente hostil; da mãe herdou a agilidade e a coordenação motora acurada, que permitiam o galope curto, macio, em cima da mão, e também a desabalada corrida. O equilíbrio estável, conferido pelo rabo levantado como se fosse um prolongamento do grande eixo do corpo, minimizava a resistência do ar e deslocava o animal como uma flecha no espaço. Desde cedo demonstrou seu caráter: filho de rainha, não suportava nenhum outro à sua frente.

Acostumado ao Caretinha, estranhei ao montar o Beijinho pela primeira vez, aos nove anos. Parecia que eu havia me escanchado num pequeno vulcão que tremelicava. Tinha visto muitas vezes, cavalgando em grupo, eu no Caretinha, Zé Rocha no Beijinho, os músculos retesados do peão que lutava para dominar o animal. O potro não era muito alto, mas bastante forte e musculoso, com a garupa arredondada cobrindo-lhe os ossos. Quando contido pelo freio, ele não escoiceava nem corcoveava, apenas desenvolvia uma dança bizarra, galopando quase sem sair do lugar, enquanto balançava o corpo de um lado para o outro, meneando a cabeça muito levantada, como se dissesse *não*. Os olhos ficavam esbugalhados e as orelhas abaixadas, o que dava impressão de muita zanga. Queria sempre correr e correr, obsessivamente. Se lhe davam rédeas, disparava desembestado. Logo no início do passeio, já estava todo molhado, ao ponto de o suor fazer espumas na pelagem. Eu gostava de ficar montado nele como o último da tropa, só para vê-lo executar — no afã de ultrapassar os outros — aquela coreografia esdrúxula, que deixava todos de queixo caído. Geralmente, nessas incursões, os cavaleiros eram primos e amigos moradores de fazendas do Vale do Rio Coruripe ou trazidos por nós de Maceió, para as férias na fazenda Glória, além dos vários peões, que tomavam conta da moçada. A ideia era evitar que pescoços se partissem. Isso porque adorávamos correr à rédea solta. Quando a estrada se alongava um pouco em linha reta e o chão era plano, dava-se a correria.

Havia regras: não se podia desembestar subindo ladeira, porque isso estropiava os animais. Tampouco era permitido descer morros a toda velocidade, porque o cavalo poderia tropeçar e cair, talvez quebrar uma pata e, por isso, ser sacrificado. Além disso, uma queda do animal ladeira abaixo poderia fazer o cavaleiro ser projetado da sela como uma bala de canhão, a cabeça apontada diretamente para o solo. Na queda, o pescoço poderia se partir, e a morte seria quase certa e imediata.

Nas subidas, a andadura era o passo, para poupar o fôlego dos bichos. Descendo, íamos a trote curto, os equinos com as patas dianteiras retesadas, amortecendo o choque. Marchar em trote alto, a exemplo da cavalaria inglesa, não era uma opção porque era incômodo e chacoalhava muito. No momento oportuno, a critério do peão-chefe, geralmente o Zé Rocha, a tropa evoluía do trote curto para o galope, e assim permanecia por longos trajetos, até que Zé Rocha julgasse que os animais já mereciam uma pausa e então sustava sua montaria, colocando-a no trote baixo, no que era seguido por todos.

No entanto, ao entrar galopando num povoado ou passar por trecho de trilha muito reta e propícia, algum cavaleiro soltava a rédea e havia aquela correria generalizada. Nessas ocasiões, inelutavelmente, Beijinho assumia a liderança e permanecia assim até o fim, distanciando-se cada vez mais dos outros cavalos.

Logo antes da largada, eu gostava de ficar um pouco atrás de todos, só para ver Beijinho ultrapassá-los, um a um. Não havia ressentimentos por parte da maioria dos outros cavaleiros, que consideravam meu cavalinho uma força da natureza, quase uma realeza, como se tivesse de fato direito à precedência. Julgavam, com razão, que aquele menino lourinho montado nele não tinha mérito algum no excepcional desempenho do cavalo e, portanto, não merecia inveja.

Lembro bem que havia uma exceção a essa regra de admiração irrestrita por Beijinho e seu desempenho. Era da parte de um primo meu distante chamado José Joubert, de meia idade, magro e seco, ginete de primeira categoria. Ele administrava uma fazenda perto da nossa, no Vale, onde vivia com a família e que fora batizada de Amazonas, em homenagem ao estado de nascimento do dono das terras.

Joubert era ressentido porque nascera de pai que nunca lhe perfilou. Adotara o sobrenome de sua mãe, professora que viera da França para educar meninas ricas das fazendas do Nordeste brasileiro. Ele era bastardo também no caráter. Não prestava. Valia nada. Maltratava os fracos e bajulava os fortes. Linguarudo e fo-

foqueiro, adorava fazer intrigas. Era daqueles que, podendo ferir, feria. Sem quê nem pra quê. Só para ver o efeito.

Certa ocasião, no café da manhã em sua casa, chegou montado numa burrica muito amestrada e mansa um querido ancião da região, Macarinho. Recentemente, por dívidas, tivera de vender à usina a fazendola onde nascera e se criara. Era miúdo e frágil, estava perto dos noventa e não tivera filhos. Sua casa simples na fazenda fora muito bem cuidada pela mulher, tia Moreninha. O casal sem filhos dedicava muito tempo a tratar do seu ninho. Todo dinheirinho que sobrava, lá ia direto pra reformas, ampliações e embelezamentos do lugarzinho deles. Perdida a fazenda, os dois velhos alugaram uma minúscula casa em Coruripe, onde passaram a viver. Poucos meses depois, Moreninha morrera, talvez de desgosto.

Naquela manhã, quando Macarinho achegou-se timidamente à mesa do café, pude ver com nitidez o brilho nos olhos de Joubert e um esgar de satisfação antecipada torcer-lhe o bigode, no canto da boca.

— Sente, sente — disse ele, todo pressuroso e, de onde estava, afastou da mesa uma cadeira, onde Macarinho se acomodou. — Como vai? — perguntou.

— Assim, assim — respondeu o ancião, com um fio de voz. Joubert encheu de café a xícara na frente do velho.

— Quer cuscuz? — e fez um gesto nervoso, ordenando para alguém o servir.

Enquanto sua mulher, Corália, punha cuscuz no prato e o umedecia com leite — o senhor precisa comer, está muito magro... — eu fitava, apreensivo, a carantonha feliz de Joubert, que não se continha:

— Soube que você deixou a mesa grande na sua antiga casa da fazenda porque ela não cabia na de Coruripe... e o Clemente da usina disse que um administrador ia ocupá-la, é verdade?

— Foi mesmo — o pobre homem replicou vivamente —, deixei, porque o administrador que vai morar lá é o meu amigo Ernesto, e ele sempre gostou de comer àquela mesa.

— Que nada — Zé Joubert desfechou —, a usina já demoliu a casa toda e plantou cana em cima... Ninguém nem diz que ali tinha uma casa.

Macarinho interrompeu o movimento da xícara quase à altura dos lábios. Empalideceu um pouco, e seus olhos umedeceram, enquanto Joubert se deliciava ao ver a reação do pobre velho.

Joubert tinha vários filhos, e cada um possuía um animal de raças variadas, todos já tendo sido derrotados por Beijinho, pelo menos uma vez. Num dos passeios, Joubert apareceu montado num cavalão enorme, da raça alemã hanoveriana, que tinha sido importado pelo dono da fazenda Amazonas, o descendente de germânicos de nome holandês Jhonatan van Sohsten, para servir de montaria em suas competições hípicas de salto, no Rio de Janeiro. Mas havia falhado totalmente no picadeiro. Por isso, Jhonatan tinha recentemente banido o cavalo para a lida de sua fazenda em Alagoas, colocando-o aos serviços do administrador Joubert. Por ter escoiceado seu tratador, levando-o à morte, o animal ficou conhecido como Mata-Negro.

Nosso melhor passeio era sair da casa-grande da fazenda Glória, no Vale, na margem esquerda do rio Coruripe, e cavalgar diretamente em direção a leste e ao mar, beirando bem próximo o rio, em busca da sede do município. Permanecendo-se nesse caminho durante a viagem, o passeio era especialmente agradável, porque o chão da trilha era de terra macia, típica do solo ribeirinho, feita de areia fina e granulosa, misturada a terreno do tipo massapê. Além disso, nessa parte do Vale, as estradas não eram muito largas, sendo sombreadas por árvores altas da Mata Atlântica. Havia mangueiras, pés de cajaranas, goiabeiras e outras árvores frutíferas que faziam nossa alegria. Nesse trajeto, cruzávamos alguns riachos de águas muito límpidas, afluentes da margem esquerda do rio Coruripe, que vadeávamos e permitiam que se matasse a sede dos animais e a nossa. Eventualmente, em dias muito quentes, apeávamos das montarias e nos banhávamos nus nesses pequenos cursos d'água. Havia um deles, na fazenda Estiva, que era especialmente propício para esse fim. Ao abrigo do sol graças às copas das árvores vizinhas, suas águas eram muito frias. Esse trecho do riacho era curiosamente chamado de mata-burro, porque alguns animais sobrecarregados, esfalfados e superaquecidos, tangidos por ali em dias abrasadores, ao entrar n'água fria tinham morte súbita, vítimas de choque térmico.

No trajeto, passávamos por fazendas de parentes e amigos, e parávamos aqui e acolá, nas casas, para pedir a bênção a um tio ou cumprimentar um primo, matar a sede com um bom copo de refresco de goiaba, manga, laranja, e para degustar fatia de bolo, um doce ou espiga de milho cozido, acompanhados por café fresquinho. Ou então, se chovia e fazia frio, a petizada tomava uma taça de licor de jenipapo, sob o pretexto de evitar a gripe.

Num desses passeios, especialmente concorrido desta feita, partimos cedo da fazenda Amazonas, com Joubert liderando a tropa. As montarias de todos pernoitaram nas baias de Joubert, que eram muitas e bem instaladas. Naquele dia havia mais cavaleiros do que era comum, porque amigos que moravam em fazendas do outro lado do Vale tinham trazido suas montarias de caminhão, na tarde anterior, para partirmos todos dali.

Pretendíamos arrodear o Vale, o que equivalia ir para oeste, afastando-nos do mar e seguindo em contrafluxo a margem esquerda do rio Coruripe, até chegar à fazenda Mangueira, que era bem elevada em relação ao nível do mar e pertencia a João Rolemberg, cavaleiro que vinha conosco nos passeios. A partir daí, contemplando uma vista belíssima de boa parte do Vale, fazíamos a descida em direção ao seu fundo e daí cruzávamos o rio. Uma vez na margem direita, devíamos seguir a estrada, uma rodovia de chão batido, e não uma trilha alargada como a da margem esquerda, agora indo em direção ao mar e à cidade de Coruripe, deslocando-nos no mesmo sentido que o fluxo das águas do rio.

Como sempre fazíamos, naquele dia o plano era voltarmos a cruzar o rio em direção à margem esquerda apenas quando chegássemos àquela cidade, e, de lá, de volta à fazenda Amazonas, quando então teríamos arrodeado o Vale. Esse passeio costumava durar o dia inteiro, com a partida um pouquinho antes do alvorecer e a chegada à tardinha, com o sol se pondo.

Mas, nessas viagens, enquanto cursávamos rumo a Coruripe, ao contrário da trilha alargada de solo macio da margem esquerda, em que a maior parte do trajeto próximo ao curso d'água era plano, de poucas curvas, o solo da rodovia da margem direita era áspero e duro. A rota era muito afastada do rio e toda ela em plano elevado, com trechos de subidas e descidas bastante íngremes.

Naquela manhã em especial, notei que Joubert açodava o passo, pausava menos, galopava mais. Decerto contava com a resistência de Mata-Negro, de porte maior que o dos outros animais da tropa, todos mestiços, os quais Joubert talvez planejasse cansar antes da corrida final, que tradicionalmente se dava nas cercanias de Coruripe. Já com a cidade à vista, Joubert chegou-se a mim dizendo, do alto do seu portentoso animal:

— Está cansado o seu cavalinho, hein? E deu um risinho sardônico. Beijinho estava era mesmo todo molhado e espumante, com a pelagem escurecida pelo suor. Mas aquilo era normal para ele, eu sabia. Permanecia inteiriço e esperto, e meus braços doíam de segurá-lo o tempo todo, evitando que disparasse. Apesar dos meus dez anos, eu tinha bastante força para isso.

Já avistávamos Coruripe no horizonte quando deparamos com a última ladeira antes da cidade.

— Vamos nos colocar — disse Joubert enquanto estacava seu animal, e decerto contando com o poder de tração morro acima do enorme Mata-Negro. Todos estranharam aquela quebra de regras, por causa da elevação íngreme do trajeto. — E só pararemos dentro de Coruripe, depois de cruzarmos a ponte.

"Ele quer derrotar o Beijinho", foi o que todos pensaram, considerando-se os dois quilômetros que faltavam para a cidade e aqueles quinhentos metros iniciais de subida acentuada pela frente.

— Não vá nessa! — disse Wagner, meu amigo da fazenda Santa Rita, achegando-se a mim com seu cavalo campolina de pelagem alazã.

— Não vá, não! — ratificou Vólnei, seu irmão gêmeo, montado em animal russo pedrês, mestiçado de appaloosa.

Com a careca descoberta e reluzindo ao sol, Zé Geraldo, meu primo que morava na propriedade São Mateus, aproximou-se cavalgando Rubi, um lindo manga-larga trotador, de cor grená. Abaixou-se na sela e segurou perto da queixada as rédeas de Beijinho, sussurrando: — Ele quer estropiar o seu cavalo.

Eu fiquei em silêncio.

— Vamos lá! — gritou Joubert de súbito, e disparou na frente, esporeando Mata-Negro e lhe batendo forte nas ancas e na garupa com o chicote. Eu não usava esporas nem chibata. Nunca faria isso com Beijinho, não havia a menor necessidade. Um freio de boca eficaz era suficiente. Não havia transcorrido nem cem metros quando meu cavalo ultrapassou Mata-Negro e todos os outros, e disparou na frente. De passagem, vi a cara de Joubert crispar-se numa careta grotesca. Já bem adiantado, comecei a dosar a distância para os seguidores, de modo a poupar ao máximo a minha montaria. Quando a tropa se aproximava, Mata-Negro na minha retaguarda, eu dava rédeas e me afastava um pouco mais.

Assim cruzamos a ponte e chegamos a Coruripe, Beijinho à frente. Joubert, o rosto avermelhado, as veias do pescoço inchadas, quedou-se mudo. O sol se aproximava do zênite e estávamos cansados e famintos. Cada qual se dirigiu à casa de familiares e amigos, com o acordo de nos reunirmos ali na ponte e partirmos de volta às duas da tarde.

Fui ter à casa de meu avô paterno, Aureliano, e de minha avó Clarinha. Eles formavam um casal singular. Vovô, pequenino e magro, de voz suave, olhos negros sorridentes, ouvia mais que falava, sempre com um ar de bonomia em toda a face. Vovó, muito

alta, esbelta, olhos verdes que legou a muitos filhos, inclusive a meu pai, era falante, assertiva, mandona.

— Tem uma galinha ao molho pardo no fogo esperando por você — ela disse. — Só não a coma toda porque pode ter uma congestão em cima do cavalo. A galinha ao molho pardo da vovó Clarinha era a coisa mais gostosa deste mundo e do outro.

Gonçalo, o faz-tudo do vovô, retirou os arreios de Beijinho, deixando-o apenas com um leve cabresto de couro e o amarrou sob uma árvore frondosa, para descansar e esfriar. Trouxe milho, palhas de cana ainda verde cortada em pedacinhos e uma tina d'água. Dali a uma hora, iria banhá-lo. Eu próprio tomei uma ducha que mais parecia cachoeira e logo fui almoçar com gosto. Para acompanhar a galinha havia feijão, arroz e farofa, e caldo de cana à vontade. Doce de goiaba em calda na sobremesa. Durante o almoço, vovô me contou algumas de suas anedotas e chistes de que eu tanto gostava.

Fazia bolinhas pequenas com miolo de pão e me provocava: "Cruze o dedo maior de todos sobre o furador, agora aperte. Feche os olhos". E justapunha uma bolinha de pão que ficava presa entre as polpas dos dois dedos cruzados. "Agora role a bolinha e diga: quantas bolinhas tem?" A sensação de haver duas bolinhas, uma em contato com cada dedo cruzado, era bem nítida. "Duas bolinhas", eu dizia de pronto. E vovô ria a gosto quando eu abria os olhos e constatava o engodo. Quase pude vislumbrar os grossos bigodes do comandante da sua anedota: "Como pode ser chamado um comandante de Mar-e-Guerra da Marinha do Brasil, que tem quase dois metros de altura e pesa oitenta quilos, barba fechada ruiva, um defeito pequeno na perna direita e um olho de vidro, que ele esconde debaixo de tapa-olho de cor roxa?". "Manquitola!", eu dizia. "Caolho!", tentava de novo. "Varapau", mais uma vez. "Ora, ora, menino", redarguia por fim vovô: "Este comandante poderá ser chamado por carta ou telegrama...". E então ria com bonomia diante de sua plateia ignara. Seu riso era suave, assim como todo ele, pequenino e magro, de fala baixa e mansa.

Depois do almoço, estirei-me na rede e dormi um bom pedaço.

Acordei com Gonçalo me sacudindo de leve e mostrando uns cavaleiros pela janela aberta, que tinham vindo me buscar. Meu cavalo já estava bem arreado e sua pelagem brilhava mediante destras escovadelas de Gonçalo. Agradeci a ele, beijei meus velhos, passei a perna no bicho e fui embora de volta.

No caminho inteiro, Joubert, pensativo e carrancudo, não disse uma só palavra.

Quando chegamos de volta à Amazonas, com todos já apeados e retirando suas selas, Joubert dirigiu-se a mim:

— Mata-Negro perdeu porque está sentido com uma escara nas costas, causada pela sela nova. Se correr sem sela deixa seu cavalo na poeira.

— Vamos ver — disse eu, já retirando a sela e a manta de Beijinho, e preparando-me para montá-lo em pelo.

Estava conduzindo Beijinho para um grosso tronco que me ajudaria a alçar-me quando Joubert voltou a falar:

— Nada disso, rapaz — e um sorriso maroto assomou-lhe os lábios, mas seus olhos diziam o contrário. — Seu pai entregou a mim a responsabilidade de cuidar de você, e não posso arriscar que se machuque. Arnaldo vai montar Mata-Negro e Tião monta Beijinho.

E tudo se passou conforme o tramado. Partiram os cavalos e Tião manteve as rédeas de Beijinho curtas, bem presas, restritivas. Mata-Negro ganhou a corrida. Joubert e seus filhos exibiram uma alegria contida, discreta, dissimulada.

Eu devia ter fechado questão e montado Beijinho, e não o deixar à mercê de um peão mal-intencionado. Montar sem sela era também habilidade minha. A primeira vez que montei em pelo eu tinha um ano de idade, e fui posto ali por titio, que me segurava lá. Junto com os primeiros passos no chão, subi no dorso de meu carneiro Pierrot e levei muitos baques. Logo depois migrei para as costas do pônei Russinho e de meu jumento Lua Cheia. Na sequência, trepei sem sela nos cavalos todos da fazenda, principalmente na hora de tangê-los para o rio, a fim de lavá-los, ao entardecer. Nessas ocasiões, caía na água sem me machucar.

Enfim, vamos deixar pra lá o Joubert com sua vitória chocha.

É, eu amava mesmo aquele cavalo, o Beijinho. Não admira que, por causa dele, eu tenha tentado matar com a força da mente minha irmã Vivice e meu primo Airton. Com a força do pensamento. Ainda bem que não funcionou, por mais que me concentrasse, não logrei incinerá-los com a mente, como era meu intento. Não sei se falhou porque eu estava mal desperto, recém-acordado na casa da tia Cândida na fazenda Glória, do lado da casa-grande, tomando o café da manhã, quando soube. Tião, filho de morador da fazenda, meu companheiro de estripulias, veio procurar-me na casa de tia Cândida, quando viu que eu não tinha dormido na casa-grande. No mesmo quarto estavam meus companheiros Sérgio, Carlinhos, Tadeu e Lica. Todos ressonavam. Estávamos sós na casa. Lembrei-me da noite anterior; todos na varanda da casa-grande, conversando animados com os primos e amigos mais velhos da minha irmã Vivice (oito anos de diferença para mim). Eles estavam nos dando uma atenção inabitual. O tema era assombração. Airton, marinheiro, contava coisas de arrepiar os cabelos. Era sobre um submarino alemão que na guerra fora atingido por carga explosiva e afundara na costa nordestina, bem em frente a Maceió, em águas pouco profundas. Passando sobre ele, os destroieres brasileiros podiam ver o vulto lá em baixo. Mergulhadores ouviram nítidas pancadas vindas do casco: tinha gente viva lá. Com pouco trabalho e alguns guindastes, o barco teria sido içado caso os nossos comandantes quisessem, mas preferiram ficar zanzando por ali sem fazer nada, de propósito, enquanto os alemães sufocavam. No quarto dia houve silêncio. Depois disso, em qualquer lugar das águas litorâneas, em noites de lua cheia o vulto negro do barco afundado costumava aparecer na superfície, com a tripulação, comida de peixe, no convés, sem olhos e sem orelhas, as caras todas esburacadas, sob o som das batidas desesperadas que eles faziam no casco.

— Com medo, ó seus porroidas? — dizia Airton rindo com gosto.

E todos também comentamos as supostas aparições que o delegado Mamede, que morreu degolado, fazia na varanda da casa fechada de tia Cândida, ali na fazenda (há muito tempo ela fora morar em Maceió). Quando vivo, o delegado de Coruripe vinha amiúde consolar a velhinha — em longas conversas vespertinas na varanda — da morte de João Bundão, seu amigo do peito e sobrinho dela, administrador dos negócios da velha.

Gente que viu como foi a morte de Mamede descreveu a cena: ele estava na calçada da bodega, sentado num tamborete apoiado só por dois pés, com as costas na parede. Tinha na mesa um copo de vermute tinto pela metade. Viu alguém se aproximar pela trilha deserta, montado numa mula baia, gordo e hirsuto, todo vestido de couro. Um não sei quê de jeito de corpo lembrou-lhe alguém que morreu por suas mãos, havia muito. De pronto alçou-se.

Saudou o forasteiro:

— Deus te abençoe.

Ditinho, o cavaleiro, chegou-se para perto da calçada e apeou. Com a ponta do cano do trabuco de um tiro só e carregado de chumbo grosso, parafusos e arruelas de aço, que sacou da cintura e agora tinha na mão direita, empurrou para cima a aba do chapéu. Fez careta pro sol a pino, a carantonha jovem e balofa toda descoberta, meio barbuda, meio bexiguenta. Com a manga do blusão de couro tentou enxugar as bagas de suor da testa. Não deu certo.

— Deus te abençoe.

O dedão do pé principiou a coçar lá nele. Sem se curvar, meteu a ponta do cipó de fogo — que lhe servia de chibata — pra dentro da alpargata de couro cru e esfregou com força a frieira. Suspirou de alívio.

— Deus te abençoe, repetiu seu Mamede, já de pé e retirando do coldre o revólver 45, lembrança dos tempos de delegado de polícia.

Ditinho mirou-lhe o baixo ventre e fez fogo. O estrondo foi enorme. O impacto lançou seu Mamede de encontro à parede, fazendo sua arma voar longe. Ele escorregou lentamente até sentar-se no chão, segurando a barriga encharcada de sangue e urina em meio a troços de bucha. Ditinho descartou a arma agora inútil e tirou da bainha a faca peixeira de doze polegadas, afiada nos dois gumes. Achegou-se mais e agarrou o topete do outro, lançando sua cabeça para trás e expondo bem o pescoço.

— O senhor danou o homem de tiro de alto a baixo.

— Pois foi — disse seu Mamede entre dentes, com a voz entrecortada e gemente, sem soltar o ventre ferido.

— O cabra era meu pai, seu Mamede.

— Tô sabendo: a cara dum o cu do outro.

— Deus te abençoe — e Ditinho foi cortando devagar e até o osso, a garganta de seu Mamede, que pensou, mas não pôde dizer: Deus te abençoe.

Dizia-se que Mamede morto, o pescoço aberto, voltava sempre àquela varanda de tia Cândida, agora em busca de consolo.

— Vocês não têm coragem de dormir na casa de tia Cândida, ó covardões.

— Como não?

Então se fizeram os arranjos junto à mamãe e vovó e a casa foi aberta, as camas forradas. Não havia luz elétrica na fazenda naquela época e candeeiros foram providenciados. Optamos por ficarmos todos juntos no grande quarto de hóspedes, com cinco leitos. Valentes, sim, mas sem exageros.

Vivice adorava montar Beijinho. Eu ficava muito orgulhoso e feliz por isso. Não havia montarias adestradas suficientes para minha turma de cinco, mais a patota dos mais velhos: Vivice, Airton, os dois irmãos Figueiredo, mais Claudinha e Glícia, minha prima. Para fazer uma cavalgada longa (a melhor de se fazer era para a praia do Pontal de Coruripe, a trinta quilômetros de distância da fazenda), um dos grupos tinha de ficar em casa.

— Onde está todo mundo?

Mamãe, muito concentrada num bordado, nada disse.

— Foram todos pro Pontal, saíram de madrugadinha — disse vovó, com voz de falsete.

— Não nos chamaram por quê?

— Não tinha cavalos.

— Levaram o Beijinho? Quem foi montado nele?

— Sua irmã.

Fiquei na varanda, fitando a estrada, esperando que viessem.

— Olhe a comida, meu filho!

— Coma você, mamãe. Pode ser que esteja envenenada.

Quando o sol já começava a quebrar, fui em busca do meu jumento Lua Cheia. Saí trotando. Não andei muito: vinham de volta.

— Desça do Beijinho, jararaca!

Ela apeou-se, risinho amarelo. Saltei da sela.

— Filha da puta — falei na cara.

Ela levantou a mão pra me bater, eu defendi o rosto e o tapa me pegou bem na lateral do corpo, desenhando os cinco dedos. Airton me segurou por trás. Todos montamos. Saí em disparada em cima do meu jumento.

Meti-me no quarto.

— João Luiz, são sete da noite e os seus amigos têm de entrar no quarto. Você não vem jantar?

— Meu filho, há dois dias você não sai daí nem abre a porta! Vou ter de chamar o seu pai.

— Bandida.

— João, ele não sai do quarto nem come!

— Esse menino é *détraqué*.

Fim das férias.

Pena. Por causa daquilo nunca mais eu quis saber de levar ninguém comigo para o Glória. Nada de confraternização. Fiquei só na lembrança.

4.

Carrego todos no peito

Boas lembranças. Sérgio, Carlinhos, Tadeu e Lica. Todos primos, menos Tadeu. Este era um menino louro sarará de olhos claros. Tinha uma bela cara avantajada, com as maçãs do rosto salientes e o nariz meio esparramado, tal qual uma pessoa negra, só que branca. Foi um amigo de infância muito especial. Não lembro como começamos a amizade. Ele morava na parte alta de Maceió, no bairro do Farol, bastante afastado das praias. Também não era meu colega de colégio. Não sei. Mas o fato é que começou a frequentar minha casa.

Eu tinha no quintal um ringue de boxe, com luvas e tal. Meu pai era aficionado e queria que eu lutasse bem. Aprovava muito Tadeu porque ele ensinava a gente. Papai era siderado com esta história de agressões. Quando eu tinha oito anos certa vez ele foi me buscar no Colégio Guido e eu estava chorando. Entrei no carro ao seu lado e perguntou-me o que houve.

— Um menino grande me bateu.

— Grande quanto?

— Do quarto ano... Pelo menos onze anos ele tem.

— Volte lá e meta-lhe a peste!

Voltei correndo para o pátio, engolindo as lágrimas. Ele estava no bebedouro e eu peguei uma tábua no chão, sobra de construção; taquei-lhe na cabeça e a torneira cortou o lábio dele. Fomos todos para a diretoria e meu pai sustentou a conversa. É isso mesmo! Nesse mesmo ano mudei para o Colégio Marista.

O Tadeu era dois anos mais velho do que eu e lutava boxe que era uma beleza. E natação, corrida, futebol e tudo mais. E todo tipo de luta. Amarrávamos a mão esquerda dele com um cinto e só com a direita ele batia em todos nós, um de cada vez. Eu tinha os braços muito compridos e um reflexo muscular instantâneo, ganhava a maioria das lutas, mas não era páreo para ele. Uma vez, num átimo de distração do cara, consegui acertar um direto porque sua mão amarrada dificultou. Ele riu e mandou tentar de novo, e quando fiz ele agarrou minha direita com a mão enluvada, virou as costas e me projetou por cima do corpo dele, num golpe clássico de jiu-jítsu. Não me deixou estatelar no chão e aparou a queda sorrindo. Tudo que ele fazia era sorrindo. Falava nada nunca, só sorria. Fora do ringue, jamais brigou com nenhum de nós. A família dele era pobre, mas não miserável. Ninguém pensava em fazer tantinho assim contra Tadeu nem o ofender em nada. Isso seria um sacrilégio. Quando o colossal cavalo Rex da fazenda desembestou com ele montado sem atender ao freio, Tadeu passou a perna esquerda para o lado direito, retirou o pé direito do estribo e ali colocou o esquerdo, permaneceu risonho em pé, assim, com os braços abertos por um tempo da desabalada carreira do bicho, e então saltou para o solo, onde correu um pouco para recuperar o equilíbrio. Era o que ele fazia quando saltava dos bondes em movimento, fugindo dos cobradores.

Supertadeu.

Agora, ninguém nunca que viu um cavalo encompridar, quer dizer, aumentar a distância entre a cabeça e o rabo graças ao alongamento do dorso. Isso em poucos segundos! Pois vejam bem: todos na tropelia em cavalgada pelos morros das chãs de Coruripe. Paramos no sopé de um morro bem íngreme, antes de empreender a passo lento a subida dificultosa dos animais. Era pra descansar do sol do meio-dia debaixo duma árvore frondosa e nos apeamos todos. Lica estava desarranjado do intestino e saiu prum canto, atrás de moita alta. Ele montava o Faísca, cavalão grande. Enquanto pelejava com a dor de barriga, nós afrouxamos a cilha do animal, não demais pra não dar na vista. Ele voltando, me pus ao lado de Faísca e firmei uma mão num estribo e a outra nas rédeas do bicho, junto ao focinho.

— Suba, Lica, que esse bicho é árdego.

Ele plantou-se no outro estribo e eu aguentei a sela, que queria girar com o peso dele. Já escanchado e com os dois pés nos estribos, Lica foi subindo o morro e a sela se escorrendo para trás. E nós todos segurando o riso. Já com a sela na garupa e a ponto de despencar traseira abaixo de Faísca, Lica firmou-se nos dois estribos e deu um salto atlético para o solo. De olhos arregalados, virou-se pra nós ainda apeados no sopé do monte:

— Este cavalo está ficando comprido...

Explicações de Lica.

Ele não acreditava em estrelas. Isso mesmo! Pensava que as luzes piscantes no firmamento eram enfeites luminosos, bugigangas colocadas na abóbada por alguém misterioso, com a intenção de nos lograr.

Lica único.

O papo era longo, todos espichados no cimento frio das calçadas bem assombradas, sob as árvores da Capitania. Lica era um gago muito peculiar. Não que tropeçasse nas palavras; era mais uma coisa de repetir parcialmente a última palavra da frase:

— Sem me dizer nada meu pai pegou todo o dinheiro que juntei e colocou na Caixa...aixa...

E então demorava bastante para continuar a fala, às vezes interrompendo a conversa que seguia:

— Vocês viram o gol que o Sérgio perdeu na cara do goleiro?

— Na hora de chutar torci a porra do tornozelo!

— E precisava dar aquele gritinho de viado?

— ... Econômica, e nunca mais vi...

As reações do Lica eram bem insólitas. Certa feita, retornando na madrugada de baile carnavalesco, uns cinco se espalharam por camas da minha casa. Os mais malvados esperavam que um dormisse e lhe aplicavam um bom "mosquito". Trata-se de imiscuir sorrateiramente entre a unha e a carne do dedão do pé do dorminhoco um talo de fósforo queimado e acendê-lo com a brasa do cigarro. Então era só ver o progresso do foguinho ao longo do tição dedo a dentro. Quando a vítima sentia a dor lancinante, a brasinha já tinha tido tempo de bom progresso e não havia mais ninguém por perto. O sujeito acordava com um salto de onça, gritando e segurando o dedão como se quisesse arrancá-lo, enquanto olhava furiosamente em torno para o quarto vazio. Era ótimo. O Lica era mole de sono ao ponto de dormir segurando o baralho, se o carteado ia longe. No baile daquela noite ele arranjara namorada nova e a menina jovenzinha gostava de pular o Carnaval. O Lica se esfalfou. Também tinha tomado boas cervejas.

Chegando lá em casa, correu logo para o quarto de hóspedes, trancou-se à chave e desabou na cama só de cuecas. Seguro. Muito tranquilo. Tramamos. Buscamos um cabide de arame no meu quarto, cortamos com alicate e ficou só a parte do gancho, que amarramos com barbante num cabo de vassoura. Depois abrimos sem fazer ruído a janela basculante, a partir da varanda vizinha ao quarto. O passo seguinte foi pescar a chave, retirando-a da fechadura. Carlinhos era o mais jeitoso com as mãos, talvez por ser canhoto. Ficou encarregado. Introduziu o apetrecho pela janela. Mas a porta estava longe, e a chave continuou lá. Reorganizamos: duas ripas tiradas do galinheiro e mais barbante, acrescentando ao dispositivo outro cabo de vassoura. Ficou bem longo. Quando o gancho apanhou a chave, vimos que ela tinha rodado um pouco além da conta quando a porta foi fechada, e agora, quando puxada, empacava na borda da fenda da fechadura. Não saía. Então Carlinhos mostrou a que veio. Deu uns tremeliques habilíssimos nos cabos, e estes foram transmitidos ao gancho, e a chave foi rodando devagar até que se alinhou com a fenda e saiu.

Puxa, que beleza!

Conseguimos abrir a porta. Escolhemos um palito mais robusto e acendemos o fósforo. Deixamos arder a madeira um pouco e depois apagamos com os dedos. Cortamos o palito com as unhas, isolando a parte queimada. Ficou um belíssimo *mosquito*.

Eu mesmo assumi a responsabilidade de introduzir milímetro por milímetro aquela minúscula lasca de lenha carbonizada entre a unha e a carne do dedão de Lica, sem despertá-lo. O fragmentozinho de carvão progrediu célere. Então toquei a extremidade exposta do mosquito com a brasa do cigarro e o foguinho foi progredindo dedão adentro. Corremos de volta para a varanda e ficamos observando através do basculante aberto.

Quando o mosquito alcançou o fundo da greta, o brado de dor foi terrível. Da varanda, gargalhávamos muito protegidos. Quando o mosquito morreu, Lica gemeu um pouco, sentado na cama. Depois se levantou, colocou toda a roupa debaixo do braço e os sapatos nas mãos e saiu lá de casa porta afora, só de cuecas! Seguiu pela rua vestindo a calça e acenando para uma lotação madrugadora que passava. O cara parou porque ainda não havia passageiros e Lica embarcou ainda sem camisa e com os sapatos nas mãos.

Grande Lica!

Doidão e muito alto e magro. Nos campeonatos universitários, o sacana defendendo odontologia, encestava uma bola da zona morta como ninguém. No vôlei, era tiro e queda. Cortadas certeiras.

— Lica Doido, gritava a torcida feminina com olhos brilhantes.

Éramos todos meio malucos, eu acho.

Caio era valente e vivia desafiando sabe Deus o quê.

Um dia, eu, ele e o resto da criançada, todos no antigo cais do porto que avançava mar adentro, e uma estrada que tinha balaustrada alta. Naquele ponto o mar era raso e o nível da água mal chegava à cintura. Quando a onda vinha, dava para saltar de pé.

Mesmo assim, às vezes, a gente se machucava no choque contra a areia dura do fundo.

Foi quando Cainho cismou de saltar de cabeça, apesar dos protestos de todos. A distância da balaustrada para a água era grande, cerca de cinco metros. Veio a onda e, para nosso espanto, Caio saltou de cabeça, meio que rasante. Tangenciou o fundo de areia por dentro d'água, o safo. Subiu pela escadinha de ferro e quis saltar de novo de cabeça, malgrado nós. Ficou outra vez de pé na balaustrada, que era de madeira roliça, aguardando a onda. Quando ela chegou, ele tomou impulso para saltar, mas o pé esquerdo molhado escorregou e ele perdeu o equilíbrio. Começou a oscilar e, em vez de abortar o salto ou pular de pé, insistiu em ir de cabeça, mesmo todo torto no ar. Foi numa trajetória direta para entrar verticalmente e quebrar o pescoço no fundo, com certeza. Nisso o anjo da guarda dele deve ter-lhe dado um toque e ele mergulhou meio de lado, chocando-se no fundo arenoso com o ombro direito. Levantou um monte de areia. Pensamos que ele havia morrido. Saiu machucadão, o desgraçado, mas vivo. Deve ter fraturado o ombro, mas ele não ligou e continuou por lá.

Certa feita eu caminhava pela beira do mar em direção ao Iate Clube quando encontrei Caio, que me disse: "Estou indo brigar no Iate, quer vir comigo?" Contou que tudo começara na noite anterior, mas a turma do deixa-disso impediu o desenlace. Então combinaram para na manhã seguinte finalizar em frente ao Iate. Conversávamos amenidades, o Caio bem relaxadão até chegarmos ao racha em frente ao Clube. O cara é aquele ali, e apontou um moço bem parelho com ele, que jogava. Foram se aproximando e o Caio desferiu o primeiro, que o cara encaixou e então se pegaram no chão de areia fofa. A turma esperou um pouco e quando viu que eles não podiam definir, colados e ofegantes, separou-os. Cada um foi prum canto e Caio veio ter comigo, rindo e parecendo frango empanado, com aquela areia toda colada no suor. Caímos n'água.

— Acertei?

— Não — eu disse —, mas foi por pouco.

A coisa era assim, nunca se podia fugir de um desafio, por mais maluco que fosse. Tenho uma cicatriz de três centímetros na parte de dentro do antebraço direito, do mesmo lado do dedo mindinho, obra de uma canivetada do Caio. Se fosse do lado do polegar — é ali que passa a artéria grossa — eu estaria em maus lençóis. Mas tudo normal, porque eu o desafiei e isso era definitivo. Tanto é assim que ele foi comigo até minha casa, com a camisa pressionando o ferimento para não sangrar. Eu disse que foi um acidente porque era impensável que um cara bonito como o Caio fizesse maldades. Mamãe acreditou, afinal ninguém queria ralhar com ele, principalmente as mulheres. Mas o fato histórico foi que estávamos conversando em grupo, sentados no gramado da praça da Liberdade, quando por alguma razão eu dei uma banana para ele, que estava naquele momento lançando seguidamente ao chão o seu canivete, como os peles-vermelhas. Tendo sido minha banana muito estalada, Cainho não gostou. Empunhou o canivete, virou a bunda para mim, disse mete aqui e fez menção de esfaquear meu braço se eu ousasse. Ponderei: ele não é nem doido, e estiquei o braço. Não é que o malucão me cravou a faca no punho? Pensei: vou sangrar até morrer, como Jack Palance em *Attack*. Mas não. Sangramentozinho que Caio coibiu com sua camisa.

Só pensávamos em lutas e mais lutas. Meninas brincam e meninos brigam. Bastião começou a nos ensinar judô na garagem de sua mansão, que ele transformou em academia. Pena que as aulas só durassem o período das férias, porque depois ele tinha de voltar para o internato. Era o mais moço de quatro irmãos que o pai, industrial atarefado, entregou ao colégio interno. O que eles tinham de levados da breca suas duas irmãs tinham de doces. De qualquer forma, Bastião juntava a meninada pra ensinar judô. Primeiro tínhamos de aprender a cair. Ele nos dava uns balões e ao chegar ao solo tínhamos de bater com o antebraço no tatame com toda a força, que era para amortecer o baque. Funcionava. Anos depois isso me salvou na queda de um cavalo desembestado que montei numa hípica. Obrigado, Bastião!

Em se tratando de trocar trompaços, minha praia mesmo era o boxe. É que eu tinha o *physique du* rôle. Boa estatura, braços e pernas muito longos e mãos grandes compensavam o franzino do corpo. Reflexo muscular aguçado, com explosão muscular nos socos também ajudavam muito. Enquanto Bastião, meu professor, exaltava o judô como meio de defesa, eu defendia o boxe. Conversa vai conversa vem, certo dia estávamos todos — inclusive as meninas — meio submersos nos remansos que o mar fazia na praia de Pajuçara, bem defronte da casa de Bastião, contando lorotas, quando ele nos desafiou a lhe acertar um murro no rosto. Alguns tentaram, mas ele tinha uma esquiva incrível e sempre frustrava o golpe. Então me apresentei e não sei por que cargas d'água consegui encaixar um jab no lábio dele, que sangrou. Isso na primeira tentativa. Depois ele insistiu pra que eu repetisse, mas eu não quis. Tinha marcado o tento e desisti.

Eu tinha aulas de inglês nas tardes das quartas-feiras, e aos quinze anos já traçava bem a língua, graças ao professor Samir, um velhote que me ensinava havia algum tempo. As aulas eram às quatro da tarde no consultório do meu pai, deserto àquela hora. Samir era uma espécie de professor itinerante na cidade; ia a todos os lares e ensinava homens e mulheres de qualquer idade; inspirava confiança e era também muito simpático. Solteirão, morava sozinho numa pensão. Nunca que Samir conversou algo comigo que não fosse o inglês e as aulas: era um sujeito circunspecto. Naquela tarde eu saí de casa no bairro de Pajuçara e estava no ponto do ônibus quando titio, o deputado, apareceu num jipe que ele tinha, ao lado do Manuel motorista e com um capanga no banco traseiro. "Suba aqui." Sentei atrás junto com seu Severino.

— Está indo aonde?

— Aula de inglês.

— Deixe isso pra lá. Vamos ali comigo.

Manuel foi tocando o jipe sem nem perguntar pra onde e assim via-se que já tinham combinado o destino entre eles. Eu fiquei curioso. Íamos calados: titio não gostava de conversa fiada. Pegamos a ladeira para o bairro do Farol. Para onde diabos ele estava me levando? Sim, porque era claro que a coisa era comigo. Saímos do calçamento de paralelepípedos das ruas e pegamos o asfalto da rodovia, na direção do aeroporto. Depois de um pouco, dobramos à esquerda, numa estrada de terra, e embarafustamos por um portão todo aberto num sítio cheio de árvores e com uma bela casa no meio, sem vivalma à vista. Nenhum veículo no pátio, só o nosso.

Manuel desligou o motor e titio se voltou para mim:

— Você já ficou com uma mulher, João Luiz?

— Fiquei não, titio — menti na maior cara de pau.

— Pois hoje você vai ficar. Aqui é a Railda. Vamos descer.

Oba, pensei. Conhecia a fama. Pessoinhas maravilhosas, vindas de todo canto do Brasil, pousavam lá. Uma senhora grisalha — ajudante da Railda, soube depois —, toda sorridente, veio nos receber.

— Deputado, como vai o senhor?

Entramos.

Ainda não dera quatro horas e as garotas estavam descansando em seus quartos; foram avisadas da chegada do deputado e agora, avexadas, faziam fila nas portas dos banheiros. Eram seis moças. Sentamos no bar e vieram cervejas. Titio pôs meio copo para mim, que fiquei de golinhos. Passado um tempo, elas vieram para o salão. O deputado conversava com a assistente da Railda sobre uns galos de briga que ela tinha no fundo do quintal: ele era aficionado. Depois parou de falar, cofiou o bigode e disse alto, dirigindo-se à moçada:

— Este aqui é meu sobrinho — e pôs a mão no ombro. — Parece que é donzelo, mas é bom rapaz.

Deu-me um sorriso matreiro e uma boa mirada de parente.

Ninguém ligou. Tio levar bruguelo para ser descabaçado ali era comum.

Eu mesmo não corei nem nada, e já mirava o ambiente com interesse. Elas ficaram ali, conversando água, e titio seguiu com a prosa sobre os galos. Dei um golinho na cerveja, acendi um cigarro, peguei o maço na mão e fui até uma das moças. Sentei-me à mesa dela. Gotinhas cristalinas bem minúsculas estavam agarradas numa penugem que mal dava para ver, acima do seu lábio superior. Restos do banho ou uns pinguinhos de suor? Seriam salgados?

— Você fuma? — e chacoalhei o maço de modo a fazer aflorar a ponta de um cigarro.

— Eu fumo. Me faz mal, mas eu fumo.

Apanhou um cigarro e eu acudi com o isqueiro.

— Seu nome é como?

— Elza.

O sotaque era bem lá dos grotões do sertão.

— Você é de onde?

— Paulo Afonso.

— Eu conheço. Vi as quedas d´água. Bonito.

— Mas é perigoso — e arregalou uns olhos negríssimos, e ainda por cima com uma pintinha preta no branco. — Mas eu gosto de ir ver a cachoeira de perto, mesmo morrendo de medo.

E gargalhou mostrando um bando de dentes muito alvos; iniciou um movimento de vai e vem no corpo, como numa cadeira de balanço. Quando se inclinou pra frente, pude entrever uns seios grandes e firmes, envolvidos em pele muito esticada e da cor assim de uma maçã avermelhada.

— Quer uma cerveja?

— Bebo não.

Fomos para o quarto. Quando nos acalmamos, ela perguntou:

— Você era donzelo mesmo?

— Que nada!

— Conte pra mim como foi a primeira.

— Outro dia.

Titio reuniu todo mundo, pagou o que devia e ainda deu uns agradinhos. Railda chegara e veio abraçá-lo. Ela era muito preocupada com a lei e fazia tudo dentro dos conformes, fiscalizando a idade do seu povo, aconselhando que elas sempre dessem notícias à família, para que não pensassem que estavam mortas; insistia que fizessem pé-de-meia etc. Administrou a casa até morrer de velhice, sem nunca ter tido uma encrenca. Um talento.

Naquela tarde, ela me perguntou:

— Gostou da menina?

— Demais. Queria vir aqui de novo.

— Meu filho, não pode. Você é menor. Se lhe pegam, fecham minha casa. Mas venha de tarde. Marque de tarde com ela que não tem problema.

Já no jipe o titio disse:

— Só não fique muito acostumado. E os três riram muito.

O perigo é esse, pensei.

Não contei à Elza, mas aos seis anos lembro prazerosamente que minha babá pré-adolescente brincava com meu pinto, e aos dez fui maravilhosamente abusado por uma vizinha de vinte anos. Aí de um modo mais profundo.

Gratas recordações!

Um amigo meio abilolado compôs uma música mais abilolada ainda: "Janjão peinha não toca mais... Quartafeirinha vai... com Elzinha".

Pode?

E o pior é que achávamos tudo aquilo muito engraçado.

Será que era eu mesmo aquele pivete insosso cravejado de espinhas?

Mas com Elza, não. Ela era toda doçura de mel. Lembrava uma jaçanã em voo rasteiro. Igual àquela que eu exibia morta, em foto dos meus nove anos, na casa-grande da fazenda Glória, com as belíssimas asas abertas. Eu estava defronte a um muro interno coberto de trepadeira unha-de-gato; a espingarda de dois canos apoiada nele. Aos meus pés, outros pássaros jaziam, posados, alguns com raias de sangue na plumagem. A jaçanã fora abatida sob o sol do meio-dia no brejo em frente à casa, mas os outros morreram na boquinha da noite, quando estavam pousados no alto da velha mangueira que havia no começo da matinha, onde se abrigavam para passar a noite.

Como pude?

O quarto de Elza dava para o pomar da Railda. Grandes árvores frutíferas. Bem perto tinha uma mangueira sempre cheia que era visitada por tudo quanto era passarinho. Às quartas-feiras abríamos a grande janela no fim de tarde e era só ver e ouvir nossos amiguinhos cantando e bicando as frutas podres que se espalhavam pelo chão. Ela era craque em identificá-los: sanhaços, curiós, papa-capins.

Nunca vi nenhuma moça conhecer tanto passarinhos quanto Elza.

Muitas vezes Manuel, o motorista, saía conosco para passear no jipe com licença de titio, que tinha nele uma confiança ilimitada. Quando me deixava dirigir, eu obedecia direitinho às instruções. Ele era baixinho e mirrado, com poucos pelos no corpo e quase imberbe, mas, estranhamente, exibia farto bigode. A cor da pele era acobreada e os cabelos lisos, lisos, como os de um índio, que achávamos que era. Arrancar uma palavra dele era dureza, não falava de ninguém, quanto mais de si. Usava uma pistola Mauser pequena, que escondia no cós da calça, as balas de reposição soltas nos bolsos. Estava sempre em mangas de camisa curta, de tecido leve e fino, que usava por fora das calças beges de linho grosso. Feitos de couro cru e pintados de branco, chapéu de vaqueiro e alpargatas compunham a figura. Tinha pelo meu tio uma espécie de adoração digna; não havia a menor necessidade de ralhar com Manuel. Quando lhe dava ordens, a voz de titio não tinha nem laivo da autoridade insolente que imprimia quando falava com outros.

Naquela tarde fomos todos a um bar ao ar livre, chamado de Canaã, bem na chã do tabuleiro. Manuel pediu algumas cervejas e ia pondo um pouco para cada um, menos pra mim.

— Se quiser beber não volta dirigindo.

Passei.

Começamos a jogar palitinhos que chamávamos de "porrinha"; aquela coisa de se adivinhar o total de fósforos, sendo que cada participante tinha três e podia-se pôr na mão direita — que tinha que ficar bem à vista de todos — quantos quisesse, ou nenhum. Sempre fui péssimo nisso e meu primo Nêgo Paulo ia ganhando todas e gozando a gente. O saco foi enchendo e terminei chamando-o pra briga, como era do meu feitio. Estava saltitando diante dele e preparando uma direita quando um fogo muito quente começou nas minhas pernas: Manuel com um cipó-de-fogo na mão não tinha dó nem piedade. Eu e Nêgo Paulo, cada um correu para um canto e dessa forma inglória terminou a briga.

A volta para casa foi ressabiada e ardida.

Maceió da década de 1950. *Volver a los diecisiete.*

Bom mesmo naquela época eram os "assaltos" que fazíamos nas casas dos amigos. Era tudo combinado com antecedência, inclusive com os donos das casas, mas fingíamos que a horda invadia de surpresa, levando salgadinhos e bebidas, e então tomávamos posse da vitrola e nos púnhamos a dançar.

Naquela noite, lembro bem que a saia dela era branca, imaculada, rodada, plissada — como se usava —, e o tecido lisinho parecia ser bem pesado, porque descendo a escada dançando, ao som da vitrola que tocava, o pano se movia devagar, um instante após e no sentido contrário ao movimento do corpo. Que música? Não consigo recordar — isso foi há sessenta anos, puxa! Lembro sim, e muito bem, que ela sorria e maneava os ombros levemente, ao tempo em que seus quadris se moviam um pouco, e os cabelos louros e soltos oscilavam pra lá e pra cá, no compasso da música, e a saia ia e vinha logo acima dos joelhos, e a descida da escada, assim dançando, era lenta, tanto que tive de retomar à força o fôlego suspenso.

Deitada de costas e maquiada por mãos competentes, prima Laurinha parecia bonita. Não digo que bela pela primeira vez na vida, pois ela estava bem morta. Fora uma matrona empertigada, chegando aos cinquenta, da qual nunca vi um fio de cabelo solto. Sapatos apertando seus tornozelos inchados e saltos com altura máxima que a pudesse manter de pé. Não havia uma barriga proeminente; ela era tão roliça como um barril. Tampouco havia papadas nem rugas; seu rosto de pele esticada era todo gordo por igual. O nariz quase se destacava, mas desistia: não era muito proeminente. Os seios, sim, esses eram grandes, muito grandes, como balões incrustados no corpo. Seu andar não era nem duro nem suave; os passos audíveis, mas pouco. Vestidos de fazenda barata que pareciam ser sempre os mesmos, de tecido fino, mas não transparente, justos no corpo.

Os parentes que, nos velórios, como os da minha mãe, se olhavam nos olhos, segurando os cotovelos uns dos outros num solidário abraço frontal, neste de prima Laurinha se punham lado a lado, mirando o assoalho, não comentavam sobre as qualidades da morta e se mantinham em silêncio, ressabiados. No momento de fechar o caixão, faltaram voluntários, e quando isso se fez, um cheiro forte de veneno emanado do cadáver invadiu a sala.

A criança adotada por ela era feia e chata e tinha cerca de oito anos de idade. Choramingava sentada numa enorme poltrona num canto da sala. Na minha casa. O velório era lá em casa porque os parentes assim decidiram: ela morava numa pensão esquálida de ponta de rua. Isso depois que o marido morreu, pois até então os três habitavam uma casinha alugada na rua do Cravo. Digo parentes, mas eles eram mesmo parentes entre si, não dela, uma agregada à nossa família, que minha mãe acolheu com calor. Começou há muitos anos, quando eu era bem criança e tinha de aprender piano — o máximo que fiz foi dedilhar "Escravos de Jó" com os indicadores. A voz era um fio; não ralhava nas aulas nem em ocasião nenhuma. Sempre quieta e quase muda.

O marido dela, magérrimo, sempre malamanhado. O paletó, único e bem velhusco, não era puído, mas o azul desbotado estava encardido na gola e flutuava no corpo, buscando um pouco de carne. O homem tinha sempre uma expressão ansiosa, como se esperasse que alguém lhe respondesse alguma pergunta não formulada. Trabalhava na administração no cais do porto de Maceió como funcionário terceirizado, ganhando muito pouco. As aulas de piano de Laurinha, apesar de escassas, complementavam o orçamento. Minha família, os "primos" dela, ajudavam com presentes para a garota e outros agradinhos. Era assídua nos almoços lá de casa. Móveis descartados da família inteira iam parar na casa dela.

Iam vivendo. A caminho do Cine Rex, passando pela rua do Cravo, às vezes eu encontrava os três em cadeiras na calçada, a menina no colo de Laurinha e o marido a pitar tranquilamente um cigarro. Nessas ocasiões, nunca os vi conversando, mas era como se não necessitassem.

Então ele morreu. Teve um enfarte e de repente se foi. Ajustes foram feitos: entrega da casa e transferência da viúva e filha para a pensão, venda dos móveis. As duas passaram a fazer as três refeições rotineiramente lá em casa. Depois iam para a sala onde estava o piano e prima Laurinha tocava alguma música suave e em surdina.

A garota deixava-se ficar no tapete, brincando com algumas bonecas de minhas duas irmãs (ambas estavam ausentes e eu mesmo me encarregara de fornecer-lhe os brinquedos). Sorte ela ser órfã de pai, pois a minha tolerância a seus amuos e chatices ampliou-se ao infinito. Elas não incomodavam. Pelo contrário: a casa ganhava vida, não muito colorida, por certo.

Três meses se passaram. Todos de casa habituados com a constante presença das duas, que só se ausentavam para dormir na pensão, ou então em certas tardes em que iam passear de bonde, de um ao outro terminal, donde voltavam alegres e conversadeiras.

Então começou o tempo em que Laurinha retornava dos passeios ou de outras incursões na cidade arrastando a garota pela mão e de cenho franzido e os finos lábios crispados. Falou com papai:

— João, o povo está dizendo que somos amantes e você precisa casar comigo para calar essa falação!

— Que história, Laurinha, onde já se viu isso?

Mas ela insistia, chorosa, pelos cantos:

— Estou falada demais, sempre fui séria, que desgraça.

Ouvi meu pai ao telefone:

— João Lessa, quando sair da Casa de Saúde e passar pra sua casa, pare aqui que preciso muito falar com você.

De tarde, ouvi tio Lessa conversando com meu pai, este deitado em sua rede, no terraço:

— Que é que você quer, João Azevedo?

— A maluca da Laurinha me chateia o tempo todo com uma história de casamento porque diz que está falada. Me ajude pra ela acabar com isso.

— Vou pedir a Edinha pra falar com ela.

Edinha, mãe do Lica, esposa do primo Luiz, arrepiou carreira:

— Dou pra falar essas coisas não. Vamos pedir à Nita.

Anita Dias — a Nita — era daquelas pessoas que a vida forjou com tanto vigor que ela se blindou em aço, tornando-se uma espécie de fortaleza semovente. Nunca conheceu laivo de beleza, mesmo nos tempos áureos da juventude, quando somos quase todos agraciados com certa formosura, por parca que seja. Não

tinha dons artísticos; nem um pingo de carisma. Sua profissão era opaca: costureira de fábrica. Foi no tear que conheceu um médico muito rico — ele era parente de minha então futura esposa — que avaliava as condições de trabalho na tecelagem de Abelardo Lopes, um grande industrial de Alagoas. Na ocasião, o profissional a interrogou sobre questões sanitárias de sua atividade, daí nascendo uma paixão muito intensa. A esposa do médico morreu de desgosto. Suas cinco filhas alcunharam a intrusa de Madame Satã. Todos se uniram contra ela, vinda de baixo e causando dor e desgraça em gente fina. Durante anos a fizeram amargar os dias. A tudo sobreviveu. Não apenas isso: tornou-se protagonista na cena da família, na medida de sua esperteza, descortino e determinação. Quando acontecia algum delicado problema familiar que demandasse intervenção enérgica porém discreta, Nita era requisitada.

— Veja que João Azevedo vive trabalhando, tem de ter tranquilidade para fazer os partos e atender o povo, não dorme direito, sai de madrugada, como é que um homem desses pode ouvir a toda hora suas besteiras, Laurinha? Me diga: ele dormiu com você, deu-lhe uma cantada pelo menos?

— Não, não, não, nada disso. Mas para o povo todo de Maceió foi isso que houve, um homem viúvo na casa e um rapazinho, sem mulher, o povo malda.

— João Luiz sozinho em casa, com o pai sempre fora, no trabalho, faltando a mãe, as duas irmãs ausentes, e você com essa conversa doida, Laurinha, pobre rapaz! Tenha santa paciência...

Prima Laurinha soluçava; lágrimas a valer, o nariz vermelho e os seios tremelicando. Eu estava por perto e vi os nós dos dedos dela empalidecerem enquanto agarrava com força os braços da cadeira de balanço de palhinha de vime onde estava sentada.

— Vão dizer pra sempre que eu sou a puta do João Azevedo. Minha filha não vai aguentar essa minha fama, pobrezinha. Nunca que ninguém, a vida toda, disse tantinho assim de mim, ai meu Deus!

— A melhor coisa que você tem de fazer é ir ficar com sua irmã em Quebrangulo, que é bem longe daqui, e o povo logo esquece essa coisa.

— Minha irmã não pode, não tem lugar na casa, vive muito mal.

Esta era a prima Laurinha. Tão amiga de minha mãe. Pena que quando essas tristes coisas ocorreram, Amair não estava mais entre nós.

Mamãe teria feito meu pai pedir ao Abelardo Lopes, nosso vizinho — pai dos quatro meninos levados da breca, meus amigos, e de duas mocinhas muito lindas e graciosas — que empregasse Laurinha na sua tecelagem, e ela teria salário suficiente para o pequeno aluguel da casa no conjunto habitacional da fábrica, pondo a guria adotada na escolinha e indo aos domingos à capela na companhia de mamãe, onde assistiriam a uma ou duas missas. Depois, passeando de braços dados pelas ruelas do povoado, todas as tecelãs veriam que Laurinha era tão boa gente que tinha estreita amizade com a mulher do dr. João Azevedo.

E prima Laurinha diria:

— Amair, você é tudo pra mim!

Mas quando prima Laurinha ingeriu formicida Tatu, minha mãe já havia partido.

5.

A morte cruel de tia Amair

Quando o ano letivo recomeçava, de volta a Maceió, com todos ocupados com seus afazeres escolares, a alacridade de nossa casa esmaecia um pouco. Por isso estranhei tantos automóveis em torno dela naquela tarde de abril. Eram colegas do meu pai, que tinham vindo, solidários, acudir a minha mãe.

— Cuide de suas irmãs, ela sussurrou, muito a custo, com os maxilares cerrados pela contratura muscular própria do tétano, num abraço derradeiro, a caminho do hospital.

Uma das suas queridas rosas a ferira de morte, com seus espinhos. Naquela mesma noite ela se foi, entre sofrimentos. Estoica e serena, como sempre.

Minha irmã mais velha, Vivice, estava no exterior, em pós-doutorado de História da Filosofia, na Universidade Sorbonne, em Paris. Impossível trazê-la para o funeral. Inútil interromper os seus estudos. Já a irmã mais jovem, Clara Maria, meu pai sabiamente decidiu enviá-la por uns tempos para a irmã de mamãe, a tia Mêisse, (apelido de Jumelice), que morava no Rio de Janeiro.

Quanto a mim, fiquei só.

Meu pai trabalhava muito. Acompanhava o parto de muitas pacientes, a desoras. Chegava sempre tarde, no meio da noite, seus passos cansados ressoando pesadamente — como fazem, até hoje, em meus pesadelos — na escadaria de madeira da nossa casa. Diversas noites eu acordava de madrugada com o chamado da campainha. Geralmente tratava-se de crianças asmáticas, trazidas por seus pais muito pobres, para papai medicar. Sabia-se que não haveria dinheiro. Ele descia de roupão e pijamas, e os atendia na sala de estar. Às vezes ainda fornecia algum dinheiro, que era pra comprar os remédios que receitara. Noutros dias, chegavam telegramas de cidades próximas ou mesmo da longínqua Coruripe, sua cidade natal. Geralmente eram chamados que vinham de pescadores paupérrimos que pediam ajuda em um parto encrencado. Aí vinha o Oliveira, com seu carro de aluguel, para a viagem de muitas horas por estradas esburacadas e lamacentas. Meu pai dormindo no banco traseiro. Nem uma única vez deixou de ir. Neste dia, ausentava-se dos empregos e do consultório, que nos sustentavam. O mais singular é que papai fazia aquilo tudo parecer ser a ordem natural das coisas. Nada demais. Morreu muitos anos depois, aos oitenta e quatro. Maceió parou para o enterro e caravanas vieram de Coruripe para acompanhá-lo ao túmulo.

Com a morte da tia Amair, como todos chamavam minha mãe, e sem as minhas irmãs, a casa enorme tornou-se um mausoléu soturno. Mamãe era quem congregava a todos com bondade, amizade e alegria. Apesar de ter o gênio terrível dos Coutinho, por causa do pai, o médico Amabílio Coutinho, ela controlava muito bem a sua agressividade natural, e sublimava eventuais rancores em boas ações e atitudes cordiais. Quando ocorria uma tragédia na família, já se sabia, Amair estava vindo.

Um primo dela, filho de Marie-Jeanne, irmã de sua mãe, Ávia, era da minha idade e brincava comigo e meus primos na mesma turma. Este menino, José Geraldo, aos catorze anos, teve um aneurisma cerebral e permaneceu em coma por muitos dias, com capacete de gelo. Mamãe não arredou pé da beira do leito, alimentando-o por sonda, revirando-o na cama para evitar escaras, fiscalizando a medicação e fazendo tudo de tal forma que, quando ele despertou, a sensação de todos era que fora Amair que o salvara. Ela era uma espécie de santa milagreira, agindo sem poções nem mezinhas, só com palavras e atitudes. Tolerância, humildade, identificação real com os pobres, os desvalidos, os enfermos, os desprezados, os perseguidos. Mesmo gatunos que roubavam nossa casa, quando eram presos, ganhavam uma madrinha para alimentar suas famílias enquanto cumpriam pena: ela, minha mãe. Tudo sem ostentação, atuando na penumbra.

Antes de sua morte, nossa casa estava sempre cheia de gente. Lá, meus amigos passavam temporadas, deixando as mães tranquilas em casa por saberem do desvelo de minha mãe, do seu senso de justiça, dos seus cuidados, da sua prudência, a tratar toda a criançada, os meus amigos, do mesmo modo que cuidava de mim.

Rigorosa, fazia questão de comportamento digno da criançada, mas não se importava, nem um pouco, com nossas travessuras inocentes, que podiam ser, às vezes, muito incômodas. Basicamente, tia Amair era uma amiga. Quanto à turma da minha irmã mais velha, Vivice, que se compunha de moças e rapazes adolescentes e adultos jovens, mamãe propiciava que as reuniões deles, lá em casa, ocorressem com liberdade, mas sem excessos. Quando havia visita desse grupo, que incluía vários casais de namorados, ela acendia todas as luzes da casa, incluindo as do jardim, pomar e quintal. Deixava tudo com iluminação feérica, enquanto ela, incansável, circulava por toda parte, oferecendo à moçada ponches agora, biscoitos daqui a pouco, nada de álcool, um dedo de conversa logo mais, arrefecendo ardores próprios da idade da turminha, hábil e discreta, evitando que enveredassem por caminhos perigosos. Reprimendas e falsos moralismos, nunca.

Após sua morte, todos debandaram.

6.

A sala do piano

Após a morte da minha mãe, sofri profunda depressão, só amenizada pelo aprendizado e manejo de violão e por atividades teatrais no grêmio estudantil do Colégio Marista, além da prática de esportes. Os jogos coletivos tinham importância crucial nas pequenas comunidades nordestinas da época. Vôlei, basquete, futebol. Eu participava de tudo, com fervor quase religioso. E também das atividades náuticas. Vela, caça submarina, pescarias de toda ordem. Pôr à prova os meus limites físicos e a minha coragem. Arriscar muitas vezes a vida e a integridade corporal, buscando feitos e façanhas: esse era um modo de viver a infância e a adolescência que somente um menino nordestino dos anos 1950 pode compreender.

E ainda havia as estantes de livros do quarto de minha irmã Vivice, que estava na França. Penso que foi por essa época que tomei gosto pela solidão, que até hoje me acompanha. Não a solidão afetiva, mas o viver ensimesmado, em diálogo constante com os próprios botões. Descobri os clássicos da literatura nacional e estrangeira, naquele quarto vazio de minha irmã ausente. Aquela era a época da revista *Senhor*, no começo dos anos 1960, de uma densidade intelectual até hoje não superada. Nas letras, atraiu como colaboradores nomes de porte, como Clarice Lispector e João Guimarães Rosa, e lançou talentos como Paulo Francis, Sérgio Jaguaribe (o Jaguar), e Glauco Rodrigues. Aquela também era a época da turma escrachada do *Pasquim*, lançado em 1969, com suas irreverências ácidas e sua musa eternizada, Leila Diniz, que seduziu a todos em *Todas as mulheres do mundo* e que morreu jovem e tragicamente, como convém a toda grande diva.

E do boletim filosófico mensal "Pergunte e responderemos", do qual eu esperava a entrega pelo correio com ansiedade.

A dez minutos de caminhada de casa, havia um cinema. Nas noites das quartas-feiras e dos sábados, trocavam-se os filmes. No trajeto havia uma casa escura desabitada, derreada. Era sempre um sobressalto. Dizia-se que ali um homem havia matado a esposa. Às quartas e sábados sim e nos outros também, eu passava por ali. Ia para ver os filmes, fossem quais fossem. Por anos a fio.

Nessa fase da vida o meu consolo maior eram as estadas na fazenda Glória, onde contemplava a galeria de fotos dos mortos nas paredes da sala do piano da casa-grande.

A sala do piano causava grande impressão. A claridade passava pelas grandes janelas de vidraças trabalhadas que, quando abertas, deixavam contemplar a paisagem do vale, com a várzea, os canaviais e as colinas ao longe. Com assoalho escuro, envernizado e brilhante, a sala era mobiliada por um elegante conjunto de sofá e três ou quatro cadeiras de assento e espaldar feitos de pa-

lhinha amarela clara, fixada nas peças por uma faixa fina de madeira negra, de cor igual à do grande piano, localizado em ângulo. O toque do seu teclado inundava o ambiente com os acordes ritmados das modinhas antigas executadas pela vovó. Em volta, a galeria de retratos dos que já se tinham ido decorava as paredes de um azul claro, esmaecido.

Nesse exaltante mausoléu familiar, uma vez a porta aberta, ia-se ao encontro não só das lembranças, mas também das almas dos que criaram e viveram a história do nosso engenho Glória.

Era o retrato do irmão de minha mãe, o titio Luiz Coutinho, o deputado, formado em direito no Rio de Janeiro e que tinha o dom da oratória, fazia belos discursos, foi eleito muitas vezes para a assembleia do estado, dançava bem e gostava de conversar; era a tia Víssia, minha tia-avó materna, que traduzia, de velhos discos, canções alemãs, língua que lhe foi ensinada pela preceptora suíça, trazida da Europa para a educação das moças da família; era o nosso avô materno, Amabílio Coutinho, de porte elegante, imbuído de sua missão médica e exímio cavaleiro. Era o coronel João Moreira, meu bisavô materno que, da varanda da casa-grande, vendo passar um carro de bois carregado de madeira, puxado por animais estranhos à fazenda e conduzido por carreiro desconhecido, teria perguntado: "Carreiro! Donde vem essa madeira?". "Das matas do coronel", veio a resposta. Num suspiro triste, o velho homem teria murmurado entre os fios brancos da sua barba: "E quem é o coronel?". Consciente da impossibilidade de assegurar, como antigamente, a integridade de seu domínio.

E havia o retrato de Francisco Inácio de Carvalho Moreira, o Barão de Penedo, que, para meus ouvidos de criança, era o tio Badão, aquele que havia feito coisas importantes, incompreensíveis para mim, na Corte Imperial do Brasil, na Europa e na América.

Só os mortos podiam estar naquela sala.

Era o pequeno primo, de nome Cosme Damião, menino de pele morena, bonito e misterioso. Ali, em foto colorida belamente emoldurada, os olhos castanhos claros do nosso pranteado menino, que tão cedo foi levado embora desta vida, eram quase de um verde acanhado, fruto da mistura de um pouco de sangue galego holandês, muito branquelo português e uns pingos de negro. Tinha sete anos quando a foto foi batida, poucos meses antes de sua morte violenta, causada por um disparo acidental da garrucha com a qual brincava. As chamas das velas, sustentadas pelo candelabro de bronze de três braços, lançavam trêmulas cintilações em sua face rosada. Ele sorria.

Ao seu lado, noutra moldura, também luziam, de modo bruxuleante, as pupilas negras da bisavó de Cosme Damião, dona Carolina, mulher do coronel João Moreira. Carolina era iluminada por velas em castiçal de prata, na pose austera do retrato em preto-e-branco, retocado em cores por artista que, servilmente, havia afilado, um pouco, com um traço encarnado, os lábios carnudos da modelo, de efeito extravagante. Entretanto, não pôde disfarçar o encaracolado dos cabelos longos da bela matriarca de todos nós.

O capitão de mar e guerra da Marinha Real Portuguesa, João Moreira de Carvalho, foi meu tetravô. Lusitano de boa cepa, nascido em Aveiros, o capitão chegou ao Brasil com a Família Real, em 1808. Teve dois filhos: Cândida, minha trisavó, mãe do coronel João Moreira, e Francisco Inácio de Carvalho Moreira, o futuro Barão de Penedo, meu tio-trisavô. O sobrinho do Barão, coronel João Moreira de Carvalho, meu bisavô, teve cinco filhas: Avia, Cândida, Marie-Jeanne, Víssia e Zenóbia. De Avia nasceu minha mãe, Amair.

Com as mortes do capitão João Moreira e de sua filha Cândida, as nossas fazendas Glória e Santa Cândida passaram à posse conjunta do coronel João Moreira e do Barão.

Pendurado em moldura muito antiga e parecendo dominar a todos, a foto de marujo destemido e guerreiro, com aspecto a um tempo provecto e intimidador, a beca branca drapejada de condecorações as mais diversas, encarava o nosso antepassado João Moreira de Carvalho, capitão-mor da nau capitânia da frota que transladou ao Brasil a Família Real, em fuga do assédio de Napoleão Bonaparte.

Foi ele, João Moreira de Carvalho, quem, na manhã de 29 de novembro de 1807, ordenou o recolhimento da âncora para a partida da embarcação de grande porte chamada Príncipe Real, fundeada no porto de Lisboa do rio Tejo, a mais poderosa nau de guerra portuguesa, com três mastros, velas redondas, fortemente armada com oitenta canhões. Naquela manhã albergava, em seu bojo, a superlotação de mil e cinquenta e quatro pessoas, entre elas o príncipe regente de Portugal, D. João VI, os dois herdeiros do trono, príncipes D. Pedro e D. Miguel, e sua mãe, a rainha louca, D. Maria I, todos fugindo de Napoleão.

Antes da partida, como era de praxe acontecer quando passageiros ilustres embarcavam em naves sob seu comando, a oficialidade do navio aguardava os membros da realeza ao pé da escada que dava acesso à nau.

D. Maria I, a Louca, a Piedosa, vigésima sexta rainha de Portugal e dos Algarves, na época com setenta e três anos, quando chegou com os familiares às docas, transportada por carruagem puxada por quatro cavalos, negou-se a sair do coche. Argumentava que preferia retornar ao palácio e lá aguardar o "Convidado Ilustre", Napoleão Bonaparte, que julgava ser um conviva da Corte, em vez do invasor que de fato era. Ela não atendeu às ordens do filho nem às súplicas dos netos, já apeados, e manteve-se irredutível na determinação de não sair da carruagem. Alegava que o solo do cais estava enlameado por causa da chuva torrencial que caíra na noite anterior, embora aquela manhã estivesse ensolarada.

O capitão-mor sentia especial afeição pela rainha, sobretudo porque foi ela a fundadora, em 1779, da Academia Real da Marinha, escola que ele cursara desde os catorze anos de idade. Diante do impasse, atreveu-se a abordar a soberana. Apesar de ainda relativamente jovem, por volta dos quarenta anos, a corpulência e a postura altaneira de João Carvalho, ao lado das fartas suíças já grisalhas, emprestavam-lhe certo ar de distinta sobriedade. Acercou-se cautelosamente da janela do coche.

— Majestade — disse com doçura e firmeza —, o que muito fizestes pelos que, como eu, nos dedicamos a esquadrinhar os caminhos do oceano e a lidar com tudo o que diz respeito à vida no mar, quando fundastes, com raro descortino, e mantivestes, com sobrelevado esmero, a nossa Academia Real da Marinha, tem de ser louvado, e vós, servida com humildade e desvelo, nesta e n'outra vida. Permiti, portanto, que tenha eu agora a honra de transportar Vossa Alteza no colo até à nave, destarte impedindo que a água do solo vos cause algum transtorno.

E, unindo a ação à palavra, foi abrindo a porta da carruagem, tomando sua soberana no colo e pousando-a suavemente na escada seca do veleiro, para espanto de todos e, poder-se-ia também dizer, não sem alguma lisonjeira satisfação da rainha.

Todos embarcados, a âncora foi recolhida e o velame inflado ao vento. Com as naus portuguesas apartadas do porto de Lisboa, soprava uma leve brisa, que as embalava em direção à saída do rio.

Ao deixar a foz do Tejo e entrar no oceano Atlântico, drapejava, no topo do mastro principal da nau capitânia *Príncipe Real*, a bandeira distintiva deste navio, constituída por quatro largas listas verticais escarlates, entremeadas por três brancas, de dimensões similares. Ao lado dessa flâmula balançava, ao alvitre da ventania, outro estandarte, significando a presença de um capitão de mar e guerra no comando da embarcação, sendo composto por duas bandas verticais de igual tamanho, uma azul celeste e a outra branca, esta última com um traço preto postado obliquamente em seu terço superior.

No bojo da nave, o capitão-mor João Moreira de Carvalho vislumbrou, a certa distância no oceano, a esquadra inglesa do almirante Sidney Smith, destinada a escoltar a salvo a frota portuguesa ao Brasil. A Armada inglesa estava, neste momento, estranhamente toda formada em linha de combate, embargando a rota dos navios portugueses, como em uma ação ofensiva. Teriam os comandantes ingleses julgado que o movimento retilíneo em direção ao alto mar que a frota lusitana fazia era porque os portugueses haviam se rendido às exigências de Napoleão e intentavam romper o bloqueio naval britânico? Se Portugal e Inglaterra não estavam abertamente em guerra, as hostilidades eram evidentes, como o fechamento, por édito Real, dos portos portugueses aos navios ingleses (por pressão de Napoleão) e, em retaliação, algumas propriedades portuguesas (que logo foram restituídas) foram apresadas em 1806 e 1807 em ação de navios de guerra e de corsários britânicos.

Além disso, na época, o príncipe regente D. João VI encontrava-se apreensivo com a notícia de que uma expedição tinha sido feita ao mar da Inglaterra, destinada a tomar o porto de Lisboa e os navios de guerra portugueses, e, apesar de tudo ter evoluído para celebração de acordo de fuga da corte lusitana para o Brasil com a escolta protetora dos ingleses, alguma desconfiança persistia entre as duas nações.

Ao abandonar a foz de Tejo e singrar o oceano, percebendo a postura aparentemente ameaçadora da esquadra britânica, o capitão-mor do *Príncipe Real* manobrou para acercar-se da nau capitânia dos ingleses que se chamava HMS Hibernia. Mandou içar no mastro principal a flâmula de comunicação com as letras QD, ou seja, "Estou a deslocar-me para adiante", e outra com nítida cruz azul escura desenhada sobre fundo branco, querendo dizer "*Stop carrying out your intentions and watch for my signals*", isto é, "Não faça nenhum gesto hostil e aguarde minha comunicação". Desse modo, pôde seguir sem perigo e dialogar com a tripulação inglesa, elidindo qualquer mal-entendido.

Toda essa situação não passou despercebida a D. João VI. Durante o jantar daquela noite, na cabine do comandante, com todos à mesa, ele teceu-lhe elogios, em sua maneira arrevesada de falar:

— Procelosa tempestade de bolas de ferro, vindas das armas de gentes tão possantes pudestes remover a ameaça, não vociferando, mas sereno e sossegado. E, conforme é no mar costume consagrado, as flâmulas, perfeitas ao momento, desfraldastes, removendo o temor do desacerto.

— Minh'alma exulta, Alteza, ouvindo palavras tão gentis a meu respeito, mas navegar é preciso; viver não é preciso — observou o capitão.

— O que quereis dizer com isso? — indagou a rainha.

— É que, no dizer dos poetas, viver não é necessário; o que é necessário é criar, redarguiu o marujo.

— Ora, pois — tornou a soberana —, como se pode criar, estando-se sem vida? Pode-se navegar pelos sete mares no estado de cadáver? Os mortos criam? Os defuntos navegam? É óbvio que não. Agora, atribuí vós a "preciso" o sentido de "exato". Aí a fala torna-se clara, posto que o processo de viver encontra-se cheio de incertezas e de fatores imprevisíveis, que modificam inelutavelmente a rota traçada, não garantindo a chegada ao destino almejado. Ao contrário de viver, navegar é um processo bem mais estrito, com instrumentos acurados, manejados com muita sabedoria para iluminar o caminho, como Vossa Senhoria deve tão bem saber.

— Certamente, majestade, e João Moreira quedou-se a meditar sobre a sabedoria daquelas palavras.

Do lado oposto da mesa, o herdeiro D. Pedro, infante curioso, não parava de fitar com vivo interesse a figura do capitão-mor. Seu olhar detinha-se especialmente nas distinções e medalhas atadas à túnica branca por meio de debruns coloridos. Aos dez anos de idade, era um garoto alerta e inquieto, inquisidor e insolente.

— Quais destas Vossa Senhoria ganhou pescando baleias?

— Caçador de baleias não ganham medalhas. E saiba Vossa Alteza que não as sei caçar.

— Que fizeste, então, para ter tantas penduradas?

— São frutos da generosidade de Sua Alteza, vosso magnânimo pai, que houve por bem honrar-me por serviços ao reino, de pouca valia.

— Modéstia sem propósito do nosso capitão, petiz intrometido — interveio D. João VI com um sorriso nos lábios. Agora mesmo ele fez jus a uma delas. Desta feita talvez a Medalha de Valor Militar, no grau de Prata.

— Vossa Senhoria gritou bem alto com o inglês, eu vi — e os olhinhos muito negros do menino brilharam.

O rosto do capitão afogueou-se um pouco, mas ele não disse nada.

A frota portuguesa fugitiva compunha-se de quarenta e sete embarcações, sendo oito naus de linha, quatro fragatas, três brigues, uma escuna e trinta e um navios mercantes, dentre os quais o *Chocalho*, última nave a deixar o Tejo, no dia subsequente à partida da Família Real, sob o troar dos canhões dos fortes lisboetas recém-ocupados pelos franceses.

Naquele início de dezembro, pouco tempo após a partida, a terça-feira, 8, era um dia de inverno como outro qualquer no Atlântico Norte: frio, nublado e úmido. A velocidade do vento e a aproximação de nuvens espessas e negras antecipando chuva deixavam o mar muito pesado. O *Príncipe Real*, manejado por uma guarnição de novecentos e cinquenta marujos, bordejava laboriosamente, navegando em ziguezague e avançando para barlavento, para manter sua rota, que fora traçada na direção do vento.

Foi nesse cenário que se encontraram no convés da nave, sob os cuidados pessoais do capitão-mor, a rainha, os herdeiros Pedro e Miguel com suas amas, além do príncipe regente D. João VI.

A nau singrava célere em bolina cerrada, velame todo postado de forma oblíqua em relação ao vento, que vinha em sentido quase frontal ao navio, de modo a deslizar as rajadas pelas velas e impulsionar para avante a trajetória da nave, produzindo poucos balanços, uma vez que a embarcação abordava as ondas quase de frente.

No convés, ninguém se sentia mareado.

— D. João I e o infante Henrique haveriam de regozijar-se com muito gáudio pelo cetro de minha mãe Maria, a quem represento, fazer jus — com a heroica aventura que empreendemos agora — à história das vitórias portuguesa nos mares, que eles iniciaram quando apoderaram-se da cidade espanhola de Ceutas em nome de Portugal. Por todos nós, lusitanos, Vasco da Gama e Cabral solidificaram as conquistas dessas grandes navegações.

— Feitos cantados com maestria por Luiz de Camões, em cujas letras me inspiro no afã diário nos oceanos, em bem servir à minha rainha.

— Poeta maior, cujos versos ensinei pessoalmente a João enquanto o embalava. Este lá, ele amava muito e me fazia repetir sempre: "Cantando espalharei por toda parte, se a tanto me ajudar o engenho e a arte".

— Folgando vou espalhar por todo lado!, bradou o herdeiro Miguel, do alto dos seus cinco anos, com um risinho maroto nos lábios, como se fizera alguma peraltice.

— Camões está sendo mostrado a ele, disse a ama Beatriz,

com um fio de voz e fitando com muita atenção os bicos dos próprios sapatos.

— O irmão Miguel vê bem as figuras, porque ler ele não sabe. Eu é que já li quase tudo, disse Pedro de Alcântara Francisco Antônio João Carlos Xavier de Paula Miguel Rafael Joaquim José Gonzaga Pascoal Cipriano Serafim de Bragança e Bourbon, com ímpeto parecido com o que desafiou a corte de Lisboa ao proclamar a independência do Brasil, muitos anos mais tarde, e tornar-se seu primeiro monarca.

Após a chegada ao Rio de Janeiro em 8 de março de 1808, o capitão-mor João Moreira de Carvalho continuou em boas relações com a Família Real. Cinco anos depois, recebeu da Coroa a Sesmaria de Pindorama, na então província de Pernambuco, que abrangia terras onde hoje se encontra o município de Coruripe do estado de Alagoas. Lá fundou os engenhos de açúcar Glória e Santa Cândida. Ele foi o pai do meu tio-trisavô materno, Francisco Inácio de Carvalho Moreira, nascido no Brasil, em 1815, e depois alçado a Barão de Penedo, com realizações muito importantes durante os quase quarenta anos de atividades na chefia da política externa de Pedro II (1851 a 1889), no período do segundo reinado do Brasil Império e, se não se prolongou nessa função, não foi porque a recém-chegada República o dispensasse, e sim porque ele próprio se recusou a servi-la, desdenhando, em lealdade ao imperador, o convite de continuidade feito pelo marechal Deodoro da Fonseca.

7.

Peripécias do Barão de Penedo

Nascido no município de Penedo, Alagoas, com o rio São Francisco em frente à sua casa, Francisco Inácio passou a infância entre brincadeiras ribeirinhas e folguedos nas fazendas Glória e Santa Cândida, ambas no município de Coruripe, Alagoas. Elas eram contíguas e a principal era a fazenda Glória, situada do Vale do Rio Coruripe e distante cerca de quatro léguas do mar. Nos tempos de Francisco Inácio, Glória era um engenho de açúcar, reduzindo-se depois a simples fornecedora de cana-de-açúcar à usina que se instalou no vale. A outra, também um engenho de açúcar, chamava-se Santa Cândida — em homenagem a Cândida, única irmã do Barão. Esta fazenda ocupava a parte da pradaria coberta pela Mata Atlântica, com casa sede, modesta, situada na parte mais alta do planalto e distante cerca de quarenta quilômetros da casa-grande senhorial da fazenda Glória.

A partir da casa de sua infância, às margens do Velho Chico, o futuro Barão de Penedo podia, com curtos passos, acessar remansos de águas claras e areias límpidas, onde se banhava. Ensinado por seu pai, o capitão João Moreira, ali aprendeu a nadar. Menino levado, era tido por alguns como doidinho, especialmente depois do episódio da água represada.

Havia, num recesso do rio, um sequestro de águas captadas e desviadas para calha estreita e comprida que, postada no alto, formava cachoeira volumosa que caía com estrondo na cabeça dos banhistas, entre eles seu pai e amigos. Com um misto de malícia e inocência infantil, Francisco Inácio planejou interromper de forma subitânea o fluxo na calha, e assim surpreender os banhistas, que haveriam de atarantar-se com o brusco cessar da torrente, e logo a seguir passariam a sorrir e a motejar, apreciando seu engenho. Mas como fazê-lo? Eureca! Um troço amplo de madeira bastava. Mas onde encontrar a tábua? Nada parecido ao redor. O que estava à mão era uma grande pedra quadrada, que se ajustava perfeitamente à calha. Com esforço, Francisco Inácio encaixou a rocha na calha e, por um breve instante, antegozou o efeito daquilo quando viu interromper-se a água, represada pela rocha.

Naquele momento, era o capitão seu pai em pessoa que se banhava, com a cabeça sob a cachoeira, os olhos cerrados. No entanto, o peso do líquido e o seu impulso forcejavam por arrebatar a pedra das mãos do menino. Num átimo, ele percebeu que não aguentaria e anteviu o crânio do pai despedaçado pelo bólido que logo se desprenderia de suas mãos. Começou a gritar desesperadamente, mas sua voz foi abafada pelo ruído da água caindo. Lá embaixo, o capitão percebeu apenas um leve arrefecer da torrente e levantou mais a cabeça, afastando-se do fluxo justo em tempo de perceber a rocha enorme vindo em sua direção. Saltou para trás e saiu do trajeto no exato momento em que a pedra deixava a calha e tombava no rio.

Muito dos circundantes tinham percebido todo o lance e estavam pasmos. Menino louco e assassino! Ele jamais tentou justificar-se: não acreditariam. Permaneceu a lenda de que Francisco Inácio comprazia-se em ver miolos e sangue. Mas, como o azar é bobagem, pois toda desvantagem tem suas vantagens, os garotos maiores passaram a pensar duas vezes antes de bulir com ele.

Isso foi aos nove anos. Aos catorze, ele já tinha um leve buço, nas faces e alhures. Estava se tornando taludo e esguio. Exposta ao sol nordestino, sua pele adquiria facilmente um tom dourado. Os cabelos alourados, meio arruivados, eram bem lisos, mas grossos. Às vezes ficava envergonhado ao olhar-se ao espelho, porque suas pestanas eram alongadas, à semelhança das que vira em muitas moças, obscurecendo seus olhos castanhos muito claros.

Havia muitas primas, em variados graus e idades. Primos homens, poucos. Elas o mimavam. Uma em especial parecia gostar demais de Francisco. Quando ela lhe beijava fraternalmente, ele podia sentir a demora de seus lábios úmidos e quentes no rosto. Nessa época, ela tinha por volta de vinte e cinco anos. O nome: Maria de Jesus, Maria. Era de tez amorenada. Não era grande. Formosa de alto a baixo, farta de carnes, isso sim, mas sem excessos. Era tema de conversa da garotada. Os seios firmes os hipnotizavam. Constava que, certo dia, caíra inexplicavelmente da bicicleta, que ia, lentamente, em terreno plano e liso, na luz da manhã. Uns comentavam, e outros também. Caíra, por quê? Por que caíra? Sensibilidade exacerbada das coxas em torno do selim provocando o clímax? Havia muitas outras histórias sensuais em relação a ela, incluindo paixões relâmpagos e abrasadoras por jovens viajantes eventuais que iam ter a Penedo. Não tinha namorado fixo. Pudera: rapazes mais velhos eram raros na cidade. Estavam fora, estudando.

Era temporada de férias, quando todos os primos ficavam juntos e se banhavam no rio. Maria irradiava energia, nadando com rapidez na parte mais funda, correndo escada acima para acessar o pequeno trampolim e de lá lançar-se ao ar toda desajeitada, caindo n'água com estrépito. Depois, vinha célere para perto dele, onde estava sentado, observando a farra toda, num degrau da escadinha de acesso. Maria sorria muito e respirava ofegante, o rosto afogueado, o colo subindo e descendo rapidamente, visível na roupa de banho só um pouco decotada. A água escorria por seu rosto e lhe turvava os olhos negros, onde gotas espessas eram penetradas por raios de sol que ali reverberavam cintilações.

Naquele fim de tarde, cansados da folia, uns e outros foram saindo, e quando o sol iniciou seu declínio, a brisa de fim de tarde começou a soprar fria e a arrepiar de leve. Nessa altura, restavam só os dois na beira d'água, Maria e ele, deitados na margem do rio, na água rasinha, lado a lado. Ele, num nível um pouco mais alto, de bruços, os cotovelos fixados na areia do fundo, as mãos cruzadas, com os dedos uns sobre os outros apoiando o queixo. Ela, toda ali, bem na sua frente, deitada de costas na água, com os antebraços apoiados no fundo e o torso alçado, só a parte posterior do corpo submerso. O nível da água deixava expostos ao ar os seus joelhos, a parte da frente das coxas, e quase todo o tronco. A roupa dela era azul, e ele desejou que fosse amarela ou branca, para realçar melhor a pele, crestada do sol.

As marolas do rio na prainha desmanchavam-se neles, farfalhando, primeiro nela, depois alcançavam Francisco Inácio. As águas ainda estavam mornas, guardando resquícios do calor do dia. Não havia vivalma nas redondezas, nem bichos, nem nada que fizesse ruído. O silêncio era quase total, só rompido pelos sussurros das marolas do rio e pelo leve murmúrio da vegetação ali perto, tangida pelo vento. De quando em vez um pássaro desconhecido emitia um grito. O sol já baixava, e sua luz era agora tíbia, pastosa, morna. A figura de Maria se interpunha entre ele e o rio e, mais além da outra margem, via-se a floresta e o horizonte. A uma rajada mais forte da brisa, ele vislumbrou a pele dela se encrespar e minúsculas bolotas aparecerem na raiz dos pelos.

— Está com frio? — perguntou bobamente, com voz muito trêmula.

Ela não respondeu. Apenas fitou-o diretamente nos olhos, pela primeira vez naquela tarde, franzindo de leve o cenho. Iria falar alguma coisa? Como que hipnotizado, Francisco Inácio começou um movimento de propulsão do corpo para frente, valendo-se dos cotovelos, como se fosse um dos muitos jacarés daquele rio, e chegou-se mais. Alcançou primeiro o ombro esquerdo de Maria, que beijou e mordiscou um pouco. De repente o braço dela o envolveu e o alçou em direção ao rosto. Ele deslizou sua coxa por entre as dela, que a apertou ao ponto de fazer doer. Tudo foi tal qual uma caixa de fósforos se fechando. Seus lábios se encontraram.

Eu não sei beijar, apavorou-se ele, em pensamento, enquanto sentia a boca invadida pela língua de Maria. Ficaram um pouco assim, colados, coleantes e gementes. E como um rojão que pipoca no alto do céu e depois tudo vem caindo em luminosidade que lentamente se apaga, houve a explosão e a calmaria. Ao cabo de um tempo, levantaram-se meio atordoados. Sorriram docemente um para o outro e encetaram o caminho de volta para casa.

Ficaram para sempre muito amigos. Com o passar dos anos, ao tempo que ele foi se encorpando e vindo a ser um rapagão desempenado, Maria foi lentamente se fanando, perdendo o viço e o frescor. Criatura dotada de luz própria, ela foi sendo aos poucos dilacerada pela inveja e intolerância dos outros, terminando por se tornar uma solteirona obesa e amargurada. Um alto preço pago por alguém que, como ela, não fora talhada para meramente seguir o rebanho. Uma jovem e bela mulher que não só se regozijava diante da própria sexualidade como também a celebrava, era intolerável para a mendacidade das pessoas provincianas e preconceituosas do lugar. Muitos invejavam principalmente a coragem de Maria de Jesus em ser ela mesma, em desprezar a opinião alheia.

8.

O confronto com o Grande Irmão do Norte

Turrão que era, Francisco Inácio, o Barão de Penedo, meteu-se em encrencas desde a juventude, quando, rebelde, afrontou professores por questões pedagógicas, foi expulso da Faculdade de Direito de Olinda e foi transferido para São Paulo.

Ocorre que o jovem e explosivo Francisco Inácio desde cedo não fazia qualquer esforço para ocultar suas convicções ideológicas e políticas. Na época, ferviam as discussões sobre a nova legislação promulgada em 1830, o Código Criminal do Império, que revogou parte das disposições das Ordenações Filipinas que estavam vigentes desde o século XVI. O Novo Código nadava na corrente já defendida pelos ingleses e franceses, que combatiam o tráfico negreiro e os castigos bárbaros aos escravos, constituindo aquilo que foi a pequena semente da abolição da escravatura, em 1888.

Cursando a faculdade de direito em 1835, Francisco Inácio liderava as discussões e enaltecia a evolução da sociedade que caminhava para a libertação dos escravos. Muitas vezes se envolvia em discussões calorosas com seus jovens colegas, mas não pôde antever a mais acirrada delas, envolvendo um professor carrancudo e retrógrado, decano que integrava a antiga oligarquia da capitania de Pernambuco que, na época, defendia com unhas e dentes, não só a escravidão, como o tráfico negreiro e a aplicação de penas cruéis, tais como os açoites, espancamentos, e até mesmo a forca para escravos desobedientes.

Para o jovem Francisco Inácio, a posição de seu mestre era inadmissível e seus debates em sala de aula começaram a tomar rumos perigosos. No último confronto, Francisco Inácio precisou ser contido por colegas para não agredir fisicamente seu professor.

No serviço público, já na qualidade de ministro dos Negócios Exteriores do Brasil, confrontou o Grande Irmão do Norte, quando o governo de Washington tentou navegar livremente o rio Amazonas e colonizar terrenos às suas margens, inicialmente enviando navios oficiais da Marinha americana (o Barão protestou contra isso, com sucesso, na Liga das Nações — a ONU da época) e, depois, despachando sicários piratas secretamente remunerados pelo governo americano — a estes, o Barão ameaçou pulverizar com canhonaços a partir de poderosos fortes que mandou instalar na foz e nas margens do rio.

Deu certo.

Instalado na varanda da casa-grande da fazenda, no começo da noite, Francisco Inácio de Carvalho Moreira, o Barão de Penedo, de pijamas, robe de chambre e pantufas, após um jantar regado a taças de vinho, refestelava-se em sua rede de dormir preferida. A peça era bordada em relevo e franjada de seda, de acabamento primoroso, obra prima de uma tecelã paciente, rede que o

Barão só abandonava para ir definitivamente ao leito, a desoras.

Francisco obteve o baronato concedido por D. Pedro II a título de recompensa por seu desempenho prudente e altaneiro perante um governo inglês petulante e arbitrário. Ele reagiu fortemente ao apresamento — sob pretexto fútil — de navios brasileiros feito pala esquadra britânica no porto do Rio de Janeiro, retomando seu passaporte, abandonando Londres, onde era embaixador, e rompendo laços diplomáticos entre os dois países. Isso sem consultar o imperador, que não só concordou com o feito como lhe outorgou a benesse.

Naquela noite, na varanda da fazenda Glória, embalado pelo ranger rouco e tristonho dos punhos da rede, o Barão conversava animadamente com James Clark, velho inglês, há trinta anos foragido do seu país, onde tinha estrangulado a esposa infiel com suas mãozorras pendentes em um corpo avantajado. Comprara terras no vale do rio Coruripe e, agora, fornecia canas ao engenho do Barão. Em 1815, um navio norte-americano transportando o Corpo de Fuzileiros Navais Continentais da Marinha dos Estados Unidos da América a caminho de Trípoli, para fazer a guerra aos otomanos, aportou na doca de Londres, de onde desembarcou, de licença, o primeiro-tenente Presley O'Bannon, que, por acaso, foi parar no leito da mulher de Clark, de onde, milagrosamente, escapou dos tiros em desabalada corrida e precariamente vestido, sorte que não teve a adúltera, que ali mesmo se findou, estrangulada apenas porque faltaram balas no tambor do revólver de Clark. Não completou a tarefa pois nunca conseguiu encontrar O'Bannon.

Nessa noite, na varanda do Barão, sentado numa cadeira de balanço de madeira e vime, Clark vituperava, colérico:

— Esses ianques miseráveis vão terminar ocupando toda a Amazônia, se conseguirem navegar livremente o rio. Veja a ordem recente do Secretário de Estado, Clayton, solicitando ao *Navy Department* que envie um navio de guerra para explorar o Amazonas e seus afluentes.

Trabalhadores de diversos escalões participavam deste sarau com o Barão, como era de costume. Muitos deles acostados no chão de mármore, outros sobre esteiras estendidas, alguns outros sentados em tamboretes. Nesse momento, tinham os olhos arregalados, ansiosos pela resposta tranquilizadora que, certamente, viria por parte do anfitrião.

— Não vão, não — ele disse, erguendo-se da rede e se dirigindo ao armário dos cachimbos —, já desmascarei a manobra deles de enviar navios espiões alegando caráter científico. Foi com essa desculpa que conseguiram permissão do último embaixador brasileiro em Washington para subir o rio. Quando tomei posse, terminei com a farra. Não vou permitir nada parecido, e conto com o apoio do imperador.

O Barão pôs-se a escolher, demoradamente, o cachimbo que iria usar. Separou o fumo inglês de sua preferência, mais suave, propício para a noite, antes de dormir. Encheu cuidadosamente o fornilho e o acendeu, utilizando a chama do pequeno candeeiro de pavio livre, que mantinha aceso para esse fim e que contrastava com o restante da luminária, de vidraçaria artisticamente trabalhada e toda importada da Europa. Deu três boas cachimbadas antes de prosseguir:

— Um tal de Mr. Marcy, do State Department, deu meia volta e negou apoio à tentativa do governo americano de ir contra as

nossas leis. Afinal somos uma nação amiga. Nossas relações são muito cordiais. Mas só recuaram quando denunciei a trama em tudo quanto foi foro internacional. Apesar das garantias de Mr. Marcy, sei que o próximo passo do Grande Irmão do Norte será fazer vista grossa à navegação de corsários e outros foras da lei. O intuito é fundar entrepostos portuários e propiciar fundação de fazendas por cidadãos americanos em nosso solo.

Nessa altura, houve um reboliço na frente da casa-grande por causa da chegada temporã, a cavalo, de cônego Macedo. O religioso integrou-se ao sarau, acompanhado de seu sacristão e serviçal de nome Venâncio, jovem versado em letras e apaixonado pelo estudo das coisas brasileiras.

Postos todos a par do discutido, foi Venâncio, e não o cônego, que levantou a questão:

— Tem que pôr canhões de grosso calibre nos nossos fortes das ilhas do estuário e das margens da foz, mandando aos ares esses facínoras invasores.

— Já está sendo feito, replicou o Barão. O ministro da Guerra me garantiu que em poucos meses todos estarão a postos. Poremos chave inglesa na entrada do rio, brincou o Barão, dirigindo-se a Clark.

Entre um gole e outro de licor de jenipapo e degustação dos sequilhos amanteigados de tia Chiquinha, quedaram-se todos, ao longo da noite, a comentar esses fatos e a saborear a segurança que o Barão transmitia quanto à soberania garantida do nosso rio maior.

Depois, o Barão veio a encrencar-se gravemente com a "Pérfida Albion", quando a Marinha inglesa apresou, nos portos do

Rio de Janeiro, navios mercantes brasileiros, por conta de um conflito trivial, sem derramamento de sangue, envolvendo marujos ingleses embriagados e a nossa polícia portuária. Ele rompeu unilateralmente as relações diplomáticas e retirou de Londres a legação brasileira, até que a Coroa britânica reconhecesse o erro e se desculpasse com D. Pedro II, que, por sinal, o apoiava em tudo. Até mesmo quando o investiu de plenos poderes para demandar a Roma e litigiar com o Vaticano, que exigia do imperador a saída de postos importantes do governo brasileiro de ilustres maçons iluministas, seguidores de Descartes e de Voltaire, entre outros perturbadores da ordem eclesiástica e apologistas da separação da Igreja do Estado, tal como a defesa do casamento civil independente.

O Barão contribuiu decisivamente para a manutenção da plena soberania dos brasileiros sobre nossos assuntos internos e nossa integridade territorial, assim como da união de nossas diversificadas regiões em torno de uma nação brasileira una.

Temperamento peculiar, Francisco Inácio em nada exibia a soberba dos aristocratas da época. Via-se, na sala do piano, uma fotografia em preto e branco bastante esmaecida pelo tempo, onde o Barão, ao lado de um carro de bois atrelado a três parelhas de animais, apoiava o braço em torno dos ombros de um homem negro, mais ou menos de sua idade, o carreiro da fazenda, este vestido a caráter, com chapéu de couro e portando na cintura um grande facão, presente especial que o Barão lhe trouxera da Europa. Era o primeiro profissional do carreio, sucedido por longa linhagem direta, que veio cuidar dos serviços dos carros de bois da fazenda até os tempos de Raimundo, o Carreiro.

9.

O filho amado

Absorto em suas próprias memórias e elucubrações, o Carreiro da fazenda Glória meditava sobre o que seu bisavô falava do Barão. Eram amigos, os dois, apesar das óbvias diferenças. Companheiros de pescaria e caça nos rincões daquelas bandas. Os dois tinham pontaria certeira e a competição corria solta. O Carreiro gostaria muito de ter conhecido pessoalmente o Barão.

No momento, suas preocupações eram outras. Os homens de sua família sempre lidaram com carros de boi: pai, avô, bisavô, tetravô e muitos mais. O primeiro dos seus veio ter aqui há cento e tantos anos, fugindo das cheias do Pantanal. Chegou quando o Barão comprou estas terras nas bibocas nordestinas, só mato e bicho bravo. A terra era muita e, perto do mar, o Barão fez um engenho de açúcar no fundo do vale, quase na beira do rio. Nas terras altas dos planaltos, lá bem longe, foram feitos vastos pastos para criação e engorda de gado. Cana-de-açúcar na várzea e bois na chã, e assim ia.

Os cabelos muito lisos do Carreiro e os olhos pretões vieram dos índios, assim como seu nariz afilado. De escravos veio o pretume da sua pele, que é meio pra bronze-escuro e brilha um pouco ao sol, mesmo sem suor. Ele é alto, desempenado, mas sua cara não afronta ninguém e ele nunca olha por cima das cabeças das pessoas. Prefere olhar direto para a frente, com o rosto um pouquinho fletido e o nariz apontado para o chão. É magro, de carnes finas agarradas aos ossos, no corpo todo.

Nascido e criado na lida do carreio, filho de seu pai, já o acompanhava, menininho, pé no chão e todo prosa. Aos olhos do pai zeloso, ele era por demais destemido: depois da jornada de trabalho, já dentro do curral, quedava-se a coçar as orelhas dos bois da junta de guia, aqueles que iam na frente, jungidos pelos chifres. Estavam ajoujados, com o chifre esquerdo de um atado no chifre direito do outro por uma firme tira de couro. Os touros resfolegavam levemente, cabeças baixas, narizes pingando, no cansaço do fim de tarde, pouco antes de ser retirada a canga, para aliviar-lhes os pescoços. Quando acariciava os chifres deles, o Carreiro menino sequer recuava com o bufo que às vezes faziam os bichos.

Enfim, cresceu e tomou corpo, dedicando-se à profissão dos homens da família. Pouco estudado, lia alguma coisa e sabia fazer umas continhas. Mais que isso: era esperto o bastante para entender o desempenho do carro de bois, quantas parelhas tal carga requeria, qual era o caminho melhor em dia de chuva, ou o que fazer se era a poeira que estava solta rodopiando no ar e ferindo os olhos da boiada, qual boi tinha de ter parelha com qual outro, qual deles era melhor colocar na esquerda ou na direita, quais animais ia usar na lida daquele dia.

Quando o trabalho era liberar caminho na trilha da Mata Atlântica que pertencia à fazenda, no alto da chã, e arrastar, morro abaixo, carcaça de boi morto de velho em plena labuta, tinha boi que não ia de jeito nenhum. Nesses momentos, em lugar do carro, os bois arrastavam uma corrente grossa, e só uma parelha bastava. Uma parelha de bois corajosos. Não adiantava juntar um boi temeroso com outro valente. Ao chegar perto do boi morto, o bicho medroso empacava de vez. Arregalava os olhos ao ponto de quase saltarem das órbitas. Bufava muito e mugia. As carnes tremiam. Tentava voltar e arrastar sua parelha ladeira abaixo. Não era coisa boa de ver. A tarefa, que já era triste, ficava bem pior. Teve caso do boi arisco arrebentar a brocha e fugir desesperado, morro abaixo, podendo ferir-se e até morrer.

Assim, pra arrastar boi morto, o Carreiro sempre escolhe animais que trabalham no carro compondo a junta do meio, formada por dupla de bois que fica entre a junta de guia e a de coice, esta última feita por dois bichos escolhidos dentre os maiores, emparelhados cada qual de um lado do cabeçalho do carro e suportando, no cangote, o peso da carga. Ao contrário dos bois da junta de guia, que têm que ser ágeis e atentos a tudo para conduzir bem a fieira, e diferentes dos bois da junta de coice, que devem ser enfezados e fortes o bastante para fincar os cascos no chão e não deixar o carro desabalar ladeira abaixo, os da junta do meio eram escolhidos entre os mais dóceis, pois bois fogosos, colocados no meio, podem chifrar os da frente ou escoicear os de trás.

O carreio é um trabalho pra lá de perigoso. Em trilha estreita, o carreiro, a pé, necessita ir à frente dos bois de guia, chamando a fieira. Seu pai recomendava muito essa coisa de ajoujar sempre a junta de guia. É que, com chifres livres, os bois de guia podem assestar uma estocada por trás, entre as costelas do carreiro, e adeus. No dia seguinte, dariam por falta e viriam procurar, topando com o defunto todo estropiado, o carro parado e a boiada bem quieta, com cara de inocente.

Os bois eram castrados e isso lhes dava uma calma grande. Mas era só aparência. Podiam ser bem malvados. Ele sempre teve muita cautela, tanto mais porque, caso se finasse agora, não teria ainda ninguém a quem legar a sua Arte.

Tudo isso sopesava no juízo. Aliás, bom senso nunca lhe faltou, pois tinha no coco que bom mesmo era manter bem distantes as coisas ruins, não deixar que elas chegassem perto. Não era muito difícil enxergar, de longe, a correnteza turbulenta, contorná-la, ou, pelo menos, passar a vau.

Nunca pensou em ter aperreio algum naquela pequena viagem que fez a um povoado que não conhecia, e que ficava um pouco distante de sua casa. Foi lá descarregar selas e cangalhas. Nesta viagem foi que conheceu a Moça, e foi por puro acaso.

Quase que o encontro não se dava, pois seu carro de boi já havia cruzado a porta do barracão do vilarejo, no caminho de volta para casa, quando apertou uma vontade grande de tomar cachaça. Fazendo fé que no barracão haveria de ter a Azuladinha, manobrou o carro de boi para estacionar ali mesmo na beira da trilha e fez, a pé, o caminho de volta para o barracão. Era o lusco-fusco do fim de tarde e muitos cortadores de cana tiveram a mesma ideia. Ficavam amontoados no balcão e só uns poucos se sentavam à mesa. Abriu caminho para se achegar e, então, vislumbrou a razão pela qual tantos rapazes se acotovelavam no balcão: viu a Moça.

Ela pelejava para atender aos muitos pedidos, um pouco afogueada, o rosto ganhando uma leve tonalidade escarlate por trás da pele negra. Ele não quis sobrecarregá-la ainda mais e nada pediu. Ao cabo de um tempinho, ela se postou à sua frente e lhe serviu, lançando um grande e ovalado olhar esverdeado ou castanho claro, ele não soube bem precisar.

Alguém a chamou na outra ponta do balcão. Ela virou o rosto na direção do chamado, não sem antes fazer um movimento com o punho rumo à testa, afastando dos olhos uma mecha inexistente, para ver melhor. Aí o Carreiro soube que ela tinha, bem recentemente, adotado um corte curto de cabelos com o qual ainda não se habituara. Como pareceria ela com cabelos longos, encaracolados? Assim, curtinhos como estavam, faziam destacar seu rosto, de testa alta e maçãs salientes, nariz algo achatado, com narinas ovais e orelhas pequenas, sem brincos.

De repente, um homem de meia idade, alto e de cabelos louros, irrompeu no lugar, carregado de pratos com tira-gostos que passou a depositar no balcão, à frente dos fregueses, relanceando os olhos verdes-mar para alguns, inclusive para ele. Pensou: Pai da Moça, e esboçou um sorriso amistoso. A cachaça foi servida por ela, num copo comum, entregue por mãos pequenas e delgadas.

Será que são macias como parecem ou o trabalho as estragou?, cogitou, e teve ganas de tomá-las entre as suas para lhes acariciar os calos, se houvesse.

Cachaça tomada, foi-se embora, levando a Moça na cabeça.

Retomando seu lugar no carro de boi, sem ter nem para quê, desandou a pensar nos seus, como há muito tempo não fazia. Os dois irmãos partiram para a cidade grande e o pai morreu de barriga d'água, vomitando sangue. A mãe ficou pelos cantos, se acabando, velhinha. Ele permaneceu na fazenda, onde ocupava uma casa ajeitadinha e caiada, que sempre albergara os seus; uma casa digna de quem exercia essa profissão de carreiro, que herdou do pai.

Cutucando com a vara, de leve, o lombo dos animais, naquele início de noite enluarada, no caminho de volta para casa, pegou-se desejando que seus irmãos estivessem ali consigo. Uma espécie de mosca varejeira inexistente começou a esvoaçar em torno de sua cabeça, emitindo um zumbido tão desagradável que violava o conforto de sua alma, aquecida pela imagem da Moça e pela boa dose de Azuladinha que tomara.

Tinha já vinte e sete anos.

Quanto tempo levaria ensinando a profissão a um filho que ainda nem sequer estava no bucho de alguém? O moleque não estaria pronto antes dos vinte anos de idade. Fez as contas: ele próprio estaria pelos cinquenta quando pudesse ficar em casa um ou dois dias por semana enquanto o filho conduziria, sozinho, por ali e acolá, um carro de boi como aquele em que estava. Divagava para consolar-se: esse pixote, quando novinho, lá pelos sete anos, haveria de ter um pozinho cinzento escondido nas canelas, embaixo do brilhoso da pele negra, que ele faria vir à tona quando roçasse nelas, de leve, as unhas, de baixo para cima, com o garoto ao seu lado, na rede da varanda, provocando-lhe o riso, em noites iguais a esta ou, melhor ainda, em noites cravejadas de estrelas num céu sem lua.

A mulher sem rosto que nesses devaneios sempre lhe sorria, benfazeja, sentada no chão, ao pé da rede, hoje ganhou uma face negra e um par de olhos verdes, ou castanho-claros, jamais saberá.

No dia seguinte, o Pai da Moça não pestanejou quando o Carreiro o chamou a um canto do balcão e pediu sua permissão para conversar com ela. Como todos os da região, ele conhecia a história do Carreiro e a vida de seus parentes. Inclusive, o pai dele esteve no barracão algumas vezes, de passagem.

Em dado momento da conversa, o Carreiro virou-se e a Moça estava próxima. Notou ser bem alta, quase da sua própria estatura. O olho que o estava medindo não era de todo hostil.

Em poucos meses estavam casados.

O Carreiro e a Moça se tornaram muito amigos. Gostavam de ficar até tarde conversando na varanda, ele na rede e ela sentada no chão, com o cotovelo apoiado no seu ombro. Além disso, dez anos depois de casados, o desejo dele se atiçava só de roçar-lhe de leve a pele, ou de fitá-la, muito demoradamente, por sobre a mesa do jantar. Nas noites indicadas pelo médico, eles não faltavam e ele permanecia dentro dela por um tempinho a mais depois que acabavam, para que o líquido dele — que, no dizer do doutor, era fraco, mas não de todo inútil — pudesse fazer o papel que estava faltando durante esse tempo, e que não o deixava ser plenamente feliz.

Todo início de manhã, debaixo de neblina, à frente da fieira dos bois, o Carreiro forcejava por esquecer a mágoa de estar na labuta sozinho. Todos os outros — pai, avô, bisavô —, na idade que agora ele tinha, àquela altura da vida que era a sua, já contavam com filho ao lado, aprendendo a Arte.

Com frequência, vinha-lhe à mente como eram poucos os filhos e filhas gerados pelos homens da sua família. Todos tinham, no máximo, dois, exceção do seu próprio pai, que gerou três, muito menos do que quase todos os conhecidos seus. Será que era de família, essa fraqueza de líquido? Como ia ser, no seu caso, se não viesse ninguém? O desgosto da Moça e o seu iriam envenenar tudo?

Os ombros do Carreiro se vergavam sob o peso desses pensamentos, que às vezes não o deixavam conciliar o sono e o inquietavam ao ponto de ele sair da cama, com a Moça em pleno sono, e ir trocar a água e o alpiste das gaiolas, no meio da noite, ou ir à varanda tomar fresca enquanto afiava o seu facão.

A peça tinha vinte polegadas e era feita de aço temperado, tão duro como o Carreiro jamais havia visto. Fora trazida do estrangeiro pelo Barão quando ele esteve lá, trabalhando para o governo, e dada de presente para ao seu bisavô, com bainha e tudo, feita de couro trançado. O cabo ajusta-se na mão como uma luva e a lâmina se encaixa no cabo, presa por três rebites de metal. Junto, veio uma pedra amarela, belga, que não desgasta a lâmina e só mantém o fio. Às vezes, a vegetação por onde o carro de boi passa é alta, e o Carreiro tem de abrir caminho com seu facão. Nessas ocasiões, quando brande a peça com potentes golpes do seu braço, os pequenos arbustos voam longe, decepados.

Além de muito linda, a Moça era esperta.

Habituada a administrar as contas do barracão do pai, agora geria, com muita competência, as finanças da família, que eram complicadas, pois além do salário, tinha de entrar as meias de gado nascido da fazenda, que eram divididas com o Vaqueiro em partes iguais, por conta do trato que ele dava às vacas e às crias. Também havia a parte nos lucros da roça de trás da casa, cuja quinta parte tinha de ir para a família do Barão.

O Vaqueiro era amigo do Carreiro desde criança e, agora, frequentava a sua casa com assiduidade. Cantava bem, o caboclo. Em muitos sábados de saraus, à luz de uma bela fogueira, com a lua e estrelas ajudando, o Carreiro dedilhava com maestria o cavaquinho, para alegria de casais amigos e jovens sentados no chão do terreno, em frente à casa.

Nessas ocasiões, o Vaqueiro entoava canções lânguidas ou animadas. Uma, em especial, composta no ano do casamento da Moça, o Vaqueiro nunca deixava de cantar: "Já não é amor, já não é paixão, o que eu sinto por você, é obsessão..." e, nisso, vinha um olhar de soslaio em direção a ela, que nunca o via por causa da penumbra e porque nem se tocava na coisa. O Carreiro, sim, notava isso, mas quem podia conviver tão de perto da Moça por tanto tempo sem se apaixonar por ela? Contanto que ficasse por lá mesmo... O Vaqueiro, de moto próprio, não visitava a casa deles se o Carreiro não estivesse. Tampouco puxava assunto com a Moça.

Nessas reuniões dos sábados, à luz da fogueira, o povaréu conversava animadamente, aproveitava para finalizar flertes e alguns casais desapareciam na vegetação em torno, despercebidos, protegidos pela ausência de luz elétrica, que ainda não chegara à fazenda. Nessas festas, quem quisesse comer ou beber levava suas próprias coisas. Não era raro a Moça ser vencida pelo sono e retirar-se ainda cedo.

Num dia muito sofrido, juntos, a Moça e o Carreiro estudaram o calendário buscando o próximo sábado que coincidisse com as datações do médico. Neste dia à noite, logo nos primeiros acordes do cavaquinho, ela desapareceu no interior da casa. Pouco depois, o Vaqueiro se despediu e sumiu na escuridão.

O Carreiro tocou, sem parar, até o raiar do sol e, quando o último ouvinte partiu, ele entrou em casa. A Moça dormia. Ele foi ao banheiro e comprimiu com a toalha as pontas dos dedos da mão esquerda, de onde brotava sangue. Lavou-se e foi deitar. A Moça estava voltada para o lado oposto e exalava a lavanda. Seus cabelos ainda estavam um pouco úmidos. Com infinito cuidado para não a despertar, o Carreiro depôs, com carinho, na sapateira, as sandálias dela, não sem antes livrá-las de troços de ervas, das que grassavam nos confins do sítio deles, atrás da casa.

Depois disso, não houve mais saraus.

Passados dois meses, num fim de tarde após a labuta, ao chegar em casa, o Carreiro e a Moça se fitaram nos olhos um do outro por um bom tempo. Depois, ela sorriu, e ele soube e a abraçou com muita força.

Na manhã seguinte, ele vestiu suas roupas de carreiro com capricho, calçou as alparcatas de couro, novas, que ainda não usara. Retirou da bainha o facão e constatou que estava afiado como uma navalha. Beijou a Moça com força, acariciou sua cabeça e seu rosto e partiu em direção ao estábulo.

Jungidos os bois, sentou-se na mesa do carro e rumou para o curral do gado. Ao chegar, vislumbrou o Vaqueiro, acocorado, ordenhando uma vaca. O Carreiro apeou-se. Abriu a porteira do curral e foi pisando na bosta de boi, a passos largos, até onde estava o Vaqueiro.

— Levante-se — ordenou com voz fria e calma.

O Vaqueiro aprumou-se, um pouco pálido. O Carreiro fitou seus olhos, pôs a mão no topo do cabo do facão e pressionou-o para a frente, fazendo com que a lâmina embainhada se projetasse toda para trás, presa ao seu cinto.

— De hoje em diante, nunca mais chegue perto de nós — disse o Carreiro.

— Está certo — disse o Vaqueiro, nem um pouco surpreso e, malgrado ele, não sem uma ponta de orgulho, ao mesmo tempo que, vislumbrando um fio branco na têmpora do amigo, pensou com amargura:

"Não haverá parceria na nossa velhice."

10.

O primo Cosme Damião e meu avô Amabílio

Naquela sala do piano da fazenda Glória, a foto do Barão merecia um candelabro de bronze de cinco braços, cuja luz mostrava, com clareza, as condecorações e medalhas pregadas em seu peito. Noutra fotografia, a barbicha do coronel João Moreira, sobrinho do Barão (ele era filho da irmã deste, Cândida) e neto homônimo do capitão-mor João Moreira de Carvalho, conferia-lhe um enganoso ar aristocrático e belicoso, incompatível com sua real simplicidade e doçura. Em mais uma foto, figurava o genro do coronel, Amabílio Coutinho, médico, meu avô materno, vestindo capelo negro e beca verde. Este morreu qual Cristo, também aos 33 anos de idade. Assassinado. Tocaiado na trilha que cortava o mato no trajeto entre as fazendas.

Mas Amabílio não tinha cara de Cristo. Seu olhar era duro e sua boca, crispada. Diziam ter sido caridoso e competente. Partos bem feitos e abscessos evacuados com sucesso; diversos espinhos em olhos, removidos. Por outro lado, tinha maus bofes quando bebia. Atirava muito bem. Quando se casou, o coronel, seu sogro, passava por humilhações. Já bem entrado em anos e de ânimo cordial, João Moreira vivia com as cinco filhas na fazenda, dotada, entre outras coisas, de florestas cheias de madeiras de lei.

Com o Barão no estrangeiro e sem filhos homens, o coronel não tinha como se defender dos ladrões de madeira, enviados por vizinhos de vale. Chegavam com juntas de bois arrastando correntes e subiam à matinha, de onde retornavam arrastando troncos de boa madeira. Ousados e certos da impunidade, passavam perto da casa-grande, à vista de todos, para desgosto do coronel.

Depois do casório, o médico arregimentou uns bons jagunços, e foi aí que juntas de bois, arrastando somente as correntes e sem carreiros a guiá-las, retornaram às fazendas dos larápios. Terminou-se a farra. Permaneceu o ódio, exercido na tocaia traiçoeira contra Amabílio.

Naquela sala dos mortos, o médico parecia fitar a imagem do neto, Cosme Damião, na parede em frente, solidário no seu sofrimento de ferido à bala, a exemplo do que ocorreu consigo próprio, em episódios separados por cinquenta anos. No caso do menino, os fatos nunca foram totalmente esclarecidos. Era dia de eleições gerais no país. O pai do garoto, o deputado Luiz Coutinho, meu tio, era candidato, e a reeleição era vital para manter sua imunidade parlamentar e, assim, evitar prisão por antigo homicídio, enquanto aguardaria julgamento — a lei era assim. O crime fora perpetrado por questão de honra, por ter sido injustamente xingado de ter mulher infiel e consentir nisso. Pérfida calúnia que foi punida com a morte do detrator.

O fato é que, naquela manhã fatídica do dia de eleições, muitos anos depois da morte do caluniador, o menino Cosme Damião brincava com coleguinha bem mais velho, filho de camponeses, que lhe servia como uma espécie de valete. Quando ainda podia falar, a pequena vítima afirmou que o tiro que atingiu o lado esquerdo de sua barriga se deu em decorrência de acidente, enquanto a arma se encontrava na mão do seu pajem, de treze anos. Dúvidas se estabeleceram. De qualquer forma, o drama foi terrível. Com os pais a quinze quilômetros de distância, em plena atividade eleitoral na sede do município, não havia quem, de fato, socorresse o ferido. Um mensageiro foi enviado no cavalo mais rápido (o Beijinho, meu cavalo alado), em busca dos pais.

Da sede do município, onde estavam em trabalhos de eleições, a esposa do deputado, mãe do ferido, retornou à fazenda e partiu com ele numa caminhonete com colchões na carroceria, rumo à capital, único local provido de hospital capaz de operá-lo. Cosme Damião estava consciente, queixando-se de dor. Havia um pequeno orifício de bala do lado esquerdo, alto, quase no peito. Ele estava pálido. Já se divisava ao longe o prédio do hospital quando ele perdeu a consciência. Chegou morto. Os urros de sua mãe eram os de fera ferida de morte. Somente seriam aplacados com outros gritos e gemidos lancinantes, esses vindos do adolescente em cujas mãos estava a arma, quando disparou. Gritos e gemidos produzidos por torturas infringidas por jagunço feroz, desapiedado, conhecido como João Preto. Dias depois, o corpo jovem, destroçado, foi facilmente descoberto no canavial, parcialmente comido por aves de rapina.

"O deputado não foi", todos murmuravam, "ele é beberrão, desordeiro e valentão e pode ser muito mau, mas não a este ponto. Poderia encomendar e fazer morte de gente grande, não de criança."

Com um único disparo certeiro na nuca, serviço limpo de queima de arquivo, João Preto secundou, no canavial e no papo dos urubus, o adolescente que matara.

Diferentemente do neto e muitos anos antes, o médico da sala do piano foi morto a tiros de espingarda, numa emboscada. Cavalgava na madrugada de uma à outra sede de nossa fazenda e estava próximo do destino quando as balas vieram.

No meio da manhã, seu acompanhante, testemunha do crime, retornou célere com a notícia à casa-grande, o cavalo extenuado. O pajem foi ferido no abdômen, seu cinto de couro curtido, muito espesso, atenuara o impacto da bala, mas não evitou que a carne, no local, fosse destruída sem penetrar fundo, de modo a ferir suas tripas. Sangrava muito quando foi socorrido, amparado pelos parentes do médico.

A esposa do morto, minha avó Ávia, desfaleceu, em desespero.

A cunhada, Víssia, minha tia-avó, tomou as rédeas da situação. Mandou aprestar um carro de bois para o transporte do cadáver. Ordenou que dois homens bem armados partissem a rédea solta para guardar o morto. Aprontou-se para ir ter com ele, o seu querido cunhado, tão grata que era ela pela felicidade da irmã, que ele propiciara, a satisfação do pai, o coronel João Moreira, a segurança da fazenda. Tudo por causa dele. Mandou aprontar a charrete. Vestiu-se adequadamente, com roupas de equitação. Sua charrete — puxada por cavalo argentino, negro retinto, chamado Zulu — era daquelas de uma pessoa só: poderia passar na trilha estreita. Feita de pau marfim e com sistema de molejo, o coche aguentaria os trancos da viagem; suas rodas de jacarandá, com aros de aço, tinham bom desempenho. Convocou mais dois homens com trabucos e fuzis, mandando que lhe acompanhassem o passo no caminho, postando-se um pouco à frente, para que sua voz fosse ouvida.

Dessa forma, Víssia, a cunhada, seguiu viagem através de trilha ladeada por vegetação de Mata Atlântica, com jabuticabeiras, palmitos e begônias preenchendo a floresta, forrada por ervas, musgos, gramíneas, samambaias e outros arbustos. Araucárias, jacarandás, ipês e grandes mangueiras se alternavam, sobranceiros, no alto da mata. Nada daquela beleza tinha o dom de aplacar sua dor. De quando em vez, uma vara de porcos-do-mato, com filhotes e tudo, cruzava ruidosamente a trilha. Cobras jararacas, jaracuçus e de outras espécies aproveitavam a terra batida da trilha para deslizar sobre ela, viajando. Aranhas caranguejeiras enormes, quase inacreditáveis, apareciam por ali.

Era já de tardezinha quando chegaram. De cócoras perto do corpo, um guardião que os antecedera, com ar solene e compungido, apoiava-se no fuzil. Fitava o médico com um olhar perdido. Seu filho mais novo viera ao mundo pelas mãos dele. Belas mãos ainda jovens, de dedos finos e compridos, agora ensanguentadas. Um dos projéteis atingira o crânio e a hemorragia fora profusa. O outro homem se postava perto dali, contendo o cavalo de Amabílio, que resgatara da corrida mata adentro. Os dois protetores da cunhada, recém-chegados, apearam e se sentaram na terra batida, perto do cadáver. Todos aguardavam, agora, o carro de bois para transportá-lo. A cunhada sentou-se no chão e pôs a cabeça dila-

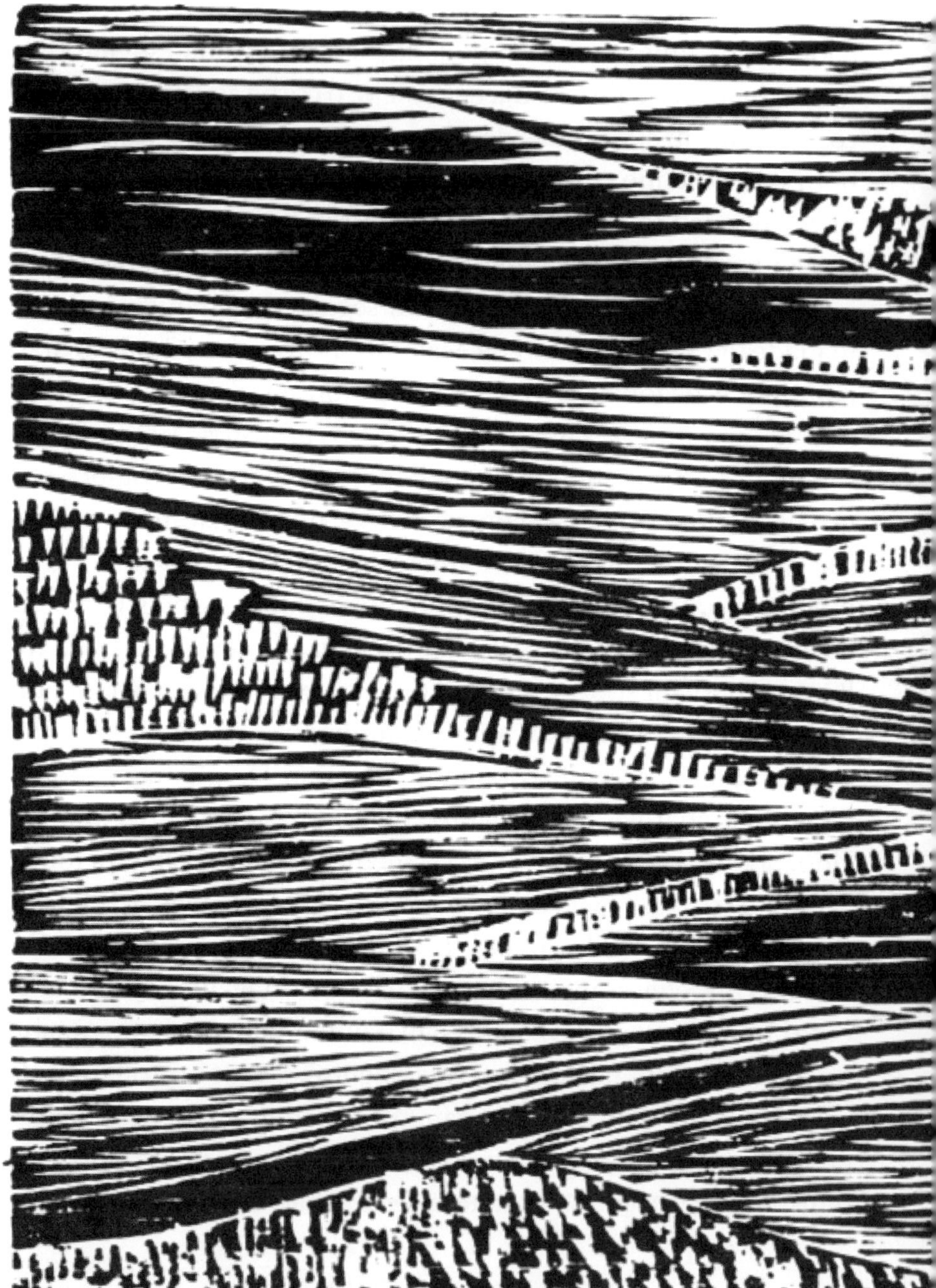

cerada no colo. O sangue lhe manchava a roupa e escorria. Muito tempo se passou e ainda ensopava o massapê da terra, fecundando--a com sua semente de morte, de onde outros cadáveres brotariam.

Anos e anos depois, um deles mostrou sua cara. O filho de Amabílio, o deputado Luiz Coutinho, se encarregaria disso.

11.

O titio deputado

O titio deputado Luiz Coutinho frequentava a Assembleia Legislativa de Alagoas com assiduidade. Não por ser caxias, e sim porque eram divertidas as querelas e intrigas próprias da vida dos parlamentares. Também gostava de pregar peças nos colegas.

Teve um tempo em que havia grande rebuliço por causa do corpo de um homem que apareceu crivado de balas nas margens do rio que separa os municípios Traipu e Girau do Ponciano. O morto estava em qual deles? Era incerto. Óbvio a quem caberia arcar com a trabalheira do inquérito e o inevitável desgaste político do crime de morte em suas terras. Os prefeitos desses municípios e seus respectivos deputados estaduais forcejavam por atribuir ao outro lado a tarefa da apuração do delito; a polêmica era em que margem do rio, comum aos dois, o cadáver fora encontrado.

— O corpo foi achado de bruços, pertinho do rio, todo furado de balas, nas terras de Traipu — vociferava Tavares.

— Nada disso — retrucava Claudionor —, o covarde assassinato com sete tiros à traição no costado do finado teve lugar em Girau do Ponciano, onde o defunto foi encontrado.

E a querela se prolongava, gerando muito calor e pouca luz.

Pois bem: programava-se na Assembleia uma sessão solene em comemoração à data da Tomada da Bastilha, durante a Revolução Francesa. Autoridades foram convidadas para o evento. Pediu-se ao comandante da região militar que fizesse o discurso.

No anfiteatro de gala, a sessão iniciou-se logo após lauto almoço, regado a chopes. Meu tio Luiz Coutinho sentou-se ao lado de Claudionor, o deputado traipusense, que logo se pôs a cochilar. O comandante orador se desdobrava em ênfases sobre o evento em pauta.

— Em 1789, o populacho, tangido pelo afã de liberdade, igualdade e fraternidade, fez tombar o símbolo maior da opressão aristocrática! Ali, em plena Paris, na praça da Bastilha...

Foi aí que meu tio meteu o cotovelo na ilharga de Claudionor, que despertou atarantado. Titio avisou:

— O homem está dizendo que a morte foi mesmo em Traipu.

Claudionor tonitruou:

— Permite-me um aparte, Excelência?

Pasmo geral: Aparte em sessão solene?

O comandante estacou, intrigado. Claudionor tornou:

— Vossa Excelência se equivoca: o fato se deu no Girau do Ponciano!

Meu tio deputado Luiz Coutinho era um cara de muita sorte. Não é que, sem mexer numa palha, veio lhe cair no colo a decisão multimilionária de optar pelo sim ou pelo não quanto ao impedimento do governador do estado? Implicando isso na permanência ou na saída de toda uma corriola engajada e atracada nos órgãos do estado?

Muita valia!

Foi assim: diante de uma representação contra o governador, decidiu-se que uma comissão envolvendo desembargadores e deputados seria formada mediante sorteio, com poder terminativo sobre a questão. Foram sorteados governistas e oposicionistas em igual número, sendo que meu tio, que não cheirava nem fedia, teria o voto decisivo.

Agigantou-se o assédio. Proposta de todo tipo. Outro tanto de ameaças. Então titio mudou-se para minha casa, visando ao mesmo tempo segurança maior e conforto, tendo minha mãe como anfitriã das visitas ilustres que passou a receber. Minha casa encheu-se de capangas, importados de outras praças — o que minimizava o risco de serem cooptados pelos inimigos, exercendo traição. Veio de Pernambuco um bando chefiado por um jagunço magrela e altíssimo, nem moço nem velho, possuidor de uma potente moto que me fascinava. Ele tinha a alcunha de Pernambuco mesmo. Do Rio de Janeiro veio Pedro Bala, da segurança do governador do estado.

A primeira coisa que Luiz Coutinho exigiu do governador que tinha a corda no pescoço foi que trouxesse, para a secretaria da Saúde de Alagoas, nosso parente, Luiz Duarte, que não estava muito bem das pernas na capital federal. Assim foi feito. Ele ficou no nosso quarto de hóspedes e, para titio, adaptamos um dormitório no imenso gabinete de estudos do meu pai. A jagunçada dormia pelos cômodos da casa, sobre colchões.

Pela manhã, a mesa do café era concorrida, e depois eles se espalhavam pelo quintal, na praça da frente, e alguns até ouviam rádio e punham música na nossa vitrola.

À noite, depois do jantar, todo mundo ia para o terraço do andar térreo, quando façanhas e fanfarronices eram contadas. Lembro-me bem do Pedro Bala explicando sua participação na faxina que a polícia fez na bandidagem do Rio. Havia um tal de Casemiro Rompe Cerco, o Miro, que jamais era preso. Astuto como ele só, tinha baita rede de informantes, inclusive dentro da polícia. Pedro Bala, delegado da área, descobriu que um filho de Miro tinha lábio leporino, daqueles grandes, tipo goela de lobo, que fazia o menino — já com oito anos — engasgar-se com frequência: o maior transtorno. Miro era apegado aos filhos por demais. Pedro Bala fez chegar a ele a falseta de que era amicíssimo de Ivo Pitangui, que estaria disposto a operar o garoto, a pedido do delegado amigo. Em troca, que Miro moderasse, nem que por um pouco, as suas atividades criminosas no morro. O delegado fez circular essa história fantasiosa como se fosse verdade, mesmo entre seus colaboradores mais chegados. Ladino, ele sabia que nenhum deles estava a salvo da sedução das propinas de Miro. Foi a Petrópolis e pediu ao colega de lá que lhe fornecesse um grupo de investigadores para uma missão, sem dizer qual. Pediu uma reunião com Miro para tratar do assunto. Na ocasião, um assistente do cirurgião plástico veria o garoto para avaliá-lo, mesmo dentro do carro de Miro, que poderia estacionar em rua próxima da clínica. Miro topou, certo de que, caso houvesse mobilização de equipes visando sua captura, os informantes lhe poriam a par. Na data, Miro parou o carro numa rua calma e Pedro Bala aproximou-se a pé, acompanhado do investigador vestido de médico. O bandido estava no banco do carona, o garoto, no assento traseiro, entre dois guarda-costas, e o motorista, a postos.

Pedro Bala com a palavra: "Vim caminhando e sorrindo acompanhado do investigador de branco; cheguei perto dele, que tinha o vidro abaixado e pousava o braço esquerdo na janela. Quase encostei a barriga na porta do carro e sorri mais ainda. Pousei levemente a mão no seu braço. Vamos entrar num acordo bom para maneirar esta história toda, eu disse ao Miro. Então imobilizei o braço dele e saquei a 45 com a mão direita, disparando no lado da cabeça. A minha turma irrompeu e foi bala por todo lado. No tiroteio, o menino morreu".

Eu mal esperava o final do jantar para irmos todos ao terraço ouvir essas histórias fabulosas.

Também havia uns lances em tempo real muito cabeludos.

Entediado por estar sempre dentro de casa cercado de capangas, certa noite titio cismou de ir somente com o motorista Oliveira beber uns chopes num bar perto de minha casa, chamado Dois Leões. Foi. Dali a um muito, com todos dormindo lá em casa, volta Oliveira todo apavorado, chamando pela minha mãe:

— Dona Amair, pelo amor de Deus, o deputado vai matar o Osório e o deputado Hernandes ou então vai morrer ele mesmo. O seu irmão não atende ninguém, só a senhora, por favor, vamos buscá-lo.

Papai não estava. Mamãe tirou o pijama e se vestiu, e eu também. Pedimos a Luiz Duarte, que ressonava no quarto de hóspedes, para ir ter conosco em seu próprio carro. Mamãe e eu fomos para o bar Dois Leões com Oliveira. Lá, o quadro era estranhíssimo. O estabelecimento ficava no centro de uma praça do mesmo nome, não tinha portas nem paredes e nunca fechava. Sua especialidade era um chope maravilhoso. Na frente da praça e do bar havia uma delegacia de polícia. Um grupo grande de guardas civis uniformizados se postava na calçada. O bar estava deserto, exceto pelos funcionários e por três ocupantes de uma mesa: titio, Osório e Hernandes conversavam normalmente, canecas de chopes à frente. Sabia-se que os dois eram desafetos figadais de meu tio. Hernandes era ligado à pistolagem, com mortes nas costas, conforme era o perfil dos deputados da época. Osório era um desordeiro contumaz, muito famoso na noite de Maceió; não usava arma e lutava com o corpo. Socos, pontapés, rabos-de-arraia e cambalhotas acrobáticas: o homem era um mito.

Mamãe se achegou, puxou uma cadeira e sentou-se à mesa sem pedir licença.

— Oi, Amair — falou titio, sem parecer surpreso nem aborrecido.

— Boa noite, senhora — disseram respeitosamente os outros dois, fazendo menção de se erguerem, mas desistindo mediante gesto dela.

Ora, ora, que palhaçada é esta, pensei. Estes idiotas meio bêbados estão conversando bobagem na maior tranquilidade, como pode sair rolo daqui? E aproximei-me do balcão, cobiçando as balas e guloseimas expostas em grandes redomas de vidro, e particularmente uns pães de mel envoltos em chocolate.

— Vamos embora, Luiz — pediu mamãe.

— Vamos já, vamos já, estou quase terminando um assunto aqui.

Havia um burburinho na boemia da cidade de que Osório se

jactara de haver achacado meu tio numa discussão no bordel do Mossoró. Parece que ali a conversa se tratava disso.

Neste momento, o carro de Luiz Duarte parou no meio-fio e ele desceu todo vestido de terno, como se fosse presidir reunião na secretaria de Saúde. Aproximou-se da mesa.

— Boa noite, gente. Luiz, vamos pra casa com sua irmã?

— Vamos, sim — respondeu titio, mirando Osório, erguendo-se e sacando seu revólver calibre 45. No momento do disparo, Luiz Duarte prendeu-lhe o punho e o forçou para baixo. O estrondo foi enorme. Mamãe agarrou-se aos dois e ficaram lutando pela posse da arma. Osório, num átimo de mergulho felino, escamoteou-se por sob a mesa e literalmente despareceu, como se tivesse se dado algum feitiço. Hernandes sacou a própria arma e entrincheirou-se atrás duma mesa que fizera tombar.

— Vocês vão matar minha mãe, seus filhos da puta.

Meia dúzia de guardas civis correu das imediações e pulou sobre o grupo como um enxame de abelhas. Titio foi dominado e a arma tirada dele. A bala entrara em seu tornozelo, perfurara a sola do sapato e, no ricochete, chocou-se de raspão com o bico do sapato do secretário da Saúde (ele disse que passou vários dias com o pé dormente). Dali fomos todos para a Casa de Saúde Paulo Neto, onde Luiz Duarte tratou e costurou o pé de Luiz Coutinho. Ainda no carro de Luiz Duarte, indo para o hospital, com o titio deitado no assento traseiro e com o pé baleado no colo de sua irmã, eu me virei para ele e disse, mirando bem os seus olhos:

— Se tivesse ferido mamãe, quem ia lhe matar era eu, seu merda.

Remédio pra doido é outro na porta.

Certo dia, o deputado, meu tio, saiu do escritório da fazenda e se dirigia para o bar do Hilário, na pequena cidade, em busca de uma ou duas cervejas para tomar antes de dormir, quando vieram lhe contar que seu desafeto-mor estava no bar, bebendo com amigos, em volta duma mesa.

O deputado costumava abater andorinhas em pleno voo, com tiros certeiros de garrucha de baixo calibre. No caso do revólver calibre 45, que sempre portava na cintura, de coice muito forte, ele só era capaz de derrubar mangas pendentes bem altas na árvore acertando diretamente na fruta, mas não no talo, por mais que tentasse.

Quando soube da estada do desafeto no bar que pretendia visitar, um gosto de coisa amarga veio-lhe à boca. Sentiu uma mãozorra apertando-lhe o coração e a ponta roliça e dura de um dedo sem unha a comprimir fortemente um lugar bem definido, entre seu umbigo e a parte mais baixa do osso da frente do peito. A cizânia provinha de incidente pueril na juventude, quando, ambos bêbados, um apalpou as nádegas do outro com intuito não erótico, mas desmoralizador. Coisa de gente idiota. Nos anos seguintes, as intrigas de uns e outros foram alimentando o ódio.

O deputado estava de saída, ainda com a porta do carro aberta, com um pé dentro e o outro fora. Seu motorista aguardava a postos. Quem lhe deu a notícia da presença do desafeto afastou-se, e ele ficou ali, parado por um momento. Poderia dizer: "Vam'bora pra casa". E, no trajeto, compraria duas cervejas numa outra bodega qualquer, para beber durante o jantar, com a mulher e as crianças. Outra escolha seria ordenar ao motorista: "Toque pro bar do Hilário". E foi assim que ele fez.

O carro parou bem na entrada. Ele desembarcou e o motorista foi estacionar ao lado. O deputado aguardou sua volta para não prosseguir sozinho. Entrou primeiro, devagar, acautelado. Antes mesmo de atinar com o que via, sentiu o cheiro forte de bom fumo de charuto. Então, pôde ver o amigo fumando e bebendo junto com outros, numa mesa dos fundos. Eles também o viram e acenaram. Dirigiu-se para lá e, no trajeto, vislumbrou de soslaio o desafeto, numa mesa da direita, com outros.

Neste instante, estremeceu, malgrado ele próprio, ao ouvir a voz clara e tonitruante:

— Chegando corno!

O deputado estacou. Nem respirava. Sem saber bem qual resposta esperava ouvir, disse alto, já com a mão no coldre:

— Falando comigo?

— O corno manso ainda pergunta se foi com ele — replicou o desafeto.

Ao tentar sacar a arma, o deputado foi atracado por trás, pelo motorista, que lhe prendeu os braços junto ao corpo e gritou:

— Acudam aqui, gente!

Em três tempos, o amigo e outros o estavam subjugando, retirando-lhe a arma do coldre, empurrando-o para a saída. O desafeto tudo observava, imóvel, silencioso e impassível, como se não tivesse nada a ver com aquilo. O deputado foi metido no carro, com o amigo junto, que guardou com ele a arma. Os outros se aboletaram em outro carro e foram todos na direção da casa do deputado. Lá chegando, entregaram-no à mulher, contando-lhe a história.

— Obrigada — disse ela —, agora deixem ele comigo.

Foram-se no outro carro, exceto o motorista, que foi dormir. O deputado sentou-se no sofá, pálido. A mulher quedou-se de pé, em frente a ele, respirando pesadamente e o fitando, pensativa.

— Quer dizer que pra ele eu sou uma puta rameira? — ela disse, depois de alguns instantes.

O deputado não respondeu. Ela subiu ao quarto do casal e logo voltou com o outro revólver calibre 45 e uma caixa de balas. Ele permanecia calado no sofá, fitando-a sem expressão.

— Então? — a mulher perguntou, estendendo-lhe a arma e a munição. — Você volta lá ou vou eu?

Tinham acorrido as três mocinhas, filhas, muito assustadas, e, também, o mais novinho, calmo, sem nada entender.

Antes de se casar, a mulher ajudava seu irmão na lida da fazenda deles, nas quebradas do sertão inóspito. Era escriturária das contas e capataz do campo, no lombo de cavalo e burro, lidando com peões toscos, ombro a ombro. Agora, ela estava ali, corpulenta, um tanto gorda, depois de muitos filhos e de trabalho só doméstico, meio desarrumada, cabelos pretos cacheados batendo nos ombros, sem muito trato. A arma não tremia em sua mão estendida. Poderia compor uma pintura muito insólita, aquela cena doméstica na sala: o deputado no sofá, a mulher de pé diante dele, de braço estendido, as crianças, o revólver, as balas. Então, o deputado ergueu-se devagar, e quase com displicência tomou da mão da mulher a arma enorme, carregando-a, diligentemente, com seis balas no tambor.

De novo no carro, pediu ao motorista:

— Na chegada, desligue o motor e vamos em ponto morto. O carro deslizou silencioso e se deteve bem na porta do bar.

— Quando ouvir os tiros — disse o deputado —, deixe a minha porta aberta.

E foi entrando no bar.

Logo estacou, ofuscado pela iluminação feérica, que contrastava com a penumbra da rua de onde vinha. Seus olhos foram se adaptando aos poucos, e logo pôde ver com clareza o salão repleto de mesas, a maioria, ocupada. Ninguém reparou nele, de pé no pequeno saguão de entrada. Uma vitrola entoava uma canção de dor de cotovelo e o burburinho de vozes ressoava no lugar. O balcão do bar, onde os fregueses bebiam sentados em banquetas, ficava bem em frente, a dez metros dele. O próprio Hilário servia, naquela noite de sábado. No momento, ele conversava, bonachão, com o desafeto, que ria e agitava as costas largas.

O deputado sacou o revólver da cintura, com um movimento suave, como quem retira a carteira para saldar a conta. Com o braço esticado para baixo, junto à coxa, engatilhou a arma. O clique alto passou despercebido em meio ao vozerio. Ergueu devagar o braço algo fletido e mirou a nuca do desafeto. Moveu-se um pouco para a esquerda, livrando Hilário da linha do tiro, caso a bala traspassasse o crânio.

Então atirou.

O forte estampido ecoou no ambiente restrito do bar como uma granada. O desafeto teve um estremecimento, seus braços, meio fletidos, subitamente se alçaram e sua face voltou-se para o teto, como numa celebração. Então foi desabando, enquanto o deputado disparava mais quatro vezes em suas costas, em rápida sequência. Ao tocar o solo, estava morto.

Esta história de chamar homem de corno é um perigo, disse alguém à boca pequena, no enterro do desafeto.

12.

Breves clarões de memória

Meu nome é este mesmo e sou filho de médico e de prendada dona de casa. Nasci naquele dia, na cidade e estado que todos conhecem. Tive duas irmãs, com diferença de idade de oito anos para menos, uma delas, falecida, e oito para mais, a outra. Tive quatro filhos, todos homens, hoje já adultos e formados.

Aos dezoito anos de idade, iniciei o namoro. Ela tinha os cabelos em trança e dente lateral meio desalinhado... que, infelizmente, depois corrigiu. Foi inescapável. De brinde, ganhei outro pai e uma mãe. Incentivei a namorada a fazer medicina. Ganhei pontos com meu sogro, ele próprio filho de médico. Ela se especializou em anestesiologia. Trabalhamos juntos desde então. Depois, vieram meus filhos. Um deles se especializou em cirurgia geral. Ficou tudo em casa. Este era o nosso time.

Ao término do meu curso fundamental, ingressei na faculdade de medicina da Universidade Federal de Alagoas. Este período coincidiu com a efervescência política e cultural dos anos 1960. Tive profundo envolvimento com movimentos políticos estudantis da época. Posicionei-me à esquerda do espectro político, embora fosse classe média alta, um burguês, sem filiar-me a qualquer tendência sectária nem a partido algum. Fazia parte da "esquerda independente". Isso, porém, não impediu que eu fosse preso, por ocasião do golpe militar de 1964, só escapando de sofrer maus tratos e de amargar longo período no cárcere por causa da grande estima e gratidão que a atuação médica, filantrópica e altruísta de meu pai, obstetra, inspirava, inclusive nos próprios integrantes da repressão política, que agrediam principalmente as classes mais humildes.

Quando fui preso, me colocaram no grande salão destinado à detenção de estudantes, jornalistas e profissionais liberais tidos como subversivos, em sala do prédio antiquíssimo da cadeia pública, fundada ainda pelos portugueses. Fazíamos jograis e encenávamos peças baseadas em obras russas — tocou-me adaptar para o "teatro" e dirigir a novela de Nikolai Gógol, *O Capote*. Sentíamo-nos bravos, estoicos e inteligentes. Para amenizar, Rosa trazia-me marmitas quentes duas vezes por dia, lá de casa. De quando em vez, minha noiva vinha me confortar.

No meio dessa bem-aventurança, estando eu refestelado na minha cama de vento, numa noite, assomou à porta uma patrulha do Exército liderada por um investigador de polícia, franzino e de nariz adunco — aconselho que temam esses em especial —, anunciando que os piores de nós teriam que mudar de cela, por ordem direta do governador. Depois soubemos que foi a mulher dele que elaborou a listinha, ressentida com o cortejo fúnebre simbólico do marido que tínhamos organizado antes da prisão. Éramos quatro. O destino era a cela 12, buraco infecto povoado por criminosos hediondos. Marchamos através dos caminhos seculares da penitenciária, sob a tênue luminosidade de esparsas luzes pendentes do teto, conduzidos pelos praças e pelo policial. Eu já tinha entregado a alma a Deus e ao Diabo quando, numa esquina do corredor, o policial ordenou-me à meia voz:

— Fique aqui.

Atônito, estaquei de imediato e vi afastar-se a procissão dos condenados.

— Seu pai atendeu ao meu chamado e, de madrugada, saiu de casa, sob chuva, para salvar minha esposa de um parto complicado — disse ele quando retornou. — E não me deixou pagar nada.

Em seguida, ele me colocou num cárcere decente, a cela 21, mas não sem antes ir buscar a minha cama de vento e recomendar-me ao xerife do lugar:

— É filho do nosso doutor.

Eu estava salvo.

Mil novecentos e sessenta e quatro. Tempos bicudos, de muito medo e angústia. Lembro bem que caráter de pessoas foi posto à prova e nem sempre aprovado. Alguém que se dizia meu amigo de fé, meu irmão, camarada, denunciou-me numa espécie de delação premiada a fim de salvar o pescoço. De maneira bem torpe. Pediu-me para hospedar em casa alguém da pesada, porque seu pai, conservador de quatro costados, recusou-se a acolher o subversivo. Então concordei. Não é que o pulha do meu falso amigo foi dizer que tudo que lhe era atribuído era de fato da minha lavra? O fato é que ele não amargou sequer um dia de cadeia. E olhe que era um grandão na militância do movimento estudantil de esquerda. Eu paguei o pato.

Pode?

Isso complicou muito a minha vida, com "crimes" alheios sobrepostos aos meus próprios, que já não eram poucos. Fui preso várias vezes. Um dia estava no sótão da minha casa quando as viaturas vieram e pude vê-las antes que os agentes descessem. Uns entraram e outros ficaram na praça em frente, atentos, metralhadoras em punho. Na última vez em que fui liberado, ameaçaram-me com o desterro em Fernando de Noronha, se reincidisse. Havia boatos de vários navios no cais do porto arrecadando gente. Assim, tratei de me escafeder. Saí pela janela do quarto para o telhado do terraço que ficava no andar térreo. Pé ante pé, fui em direção da casa ao lado, com a intenção de saltar do telhado para o quintal dela e daí para o terreno da Capitania dos Portos, que ficava nos fundos. Foi quando vi um cara obeso levantar os olhos lentamente até dar por mim, apontar-me a arma e gritar:

— Pra onde vai?

— Eu ia, meu amigo, eu ia.

E tratei de voltar para o quarto o quanto antes.

Os policiais foram gentis comigo. Antevi até algum constrangimento. Será que algum estava reconhecendo a casa onde trouxera a esposa ou o filho a desoras para atendimento médico de emergência por parte de meu pai? Era comum.

Já no interior do camburão, pude ver com terror aproximar-se a esquina onde dobrariam para acessar a estrada do cais, mas passaram direto em direção à penitenciária.

Passei umas semanas em cana. Rotina.

Voltando à faculdade, estava numa aula de radiologia do professor Lourival de Mello Motta, cinquenta e oito anos de idade. Nascera em Palmeira dos Índios, Alagoas. Passou a infância na taba xucuru-kariri, e fisicamente parecia mesmo um índio. Foi aluno da Escola Militar do Realengo, no Rio de Janeiro, mas desistiu e formou-se em medicina. Tinha próspero gabinete de radiologia em Maceió. Era excelente professor. Então, nessa tarde, a porta da sala estava aberta e o aposento era iluminado apenas pelo negatoscópico, onde o professor explicava a chapa, e pela luz do dia. De repente tive dificuldade de continuar escrevendo porque escureceu, e então vi, na soleira da porta, um bando de homens uniformizados de verde oliva empunhando armas. Mello Motta deteve-se e o chefe do grupo simplesmente adentrou e, ao lado do birô, anunciou com pompa:

— O acadêmico João Luiz Azevedo.

Procurei um buraco onde enfiar-me, mas infelizmente não havia nenhum. Eu já estava farto desse entra e sai da cadeia, sem ser criminoso nem nada. Havia os carcereiros que tripudiavam e humilhavam. Dose pra leão!

— O senhor se ponha para fora desta sala agora mesmo, esbravejou Mello Motta, todo lívido.

O militar — o cara era tenente — olhou espantadíssimo para o professor, que prosseguiu, com voz gélida, mas calma:

— Poste-se para além da soleira da porta e diga-me o que deseja.

E deu um passinho em direção ao tenente, encurtando a distância. A tropa agitou-se um pouco. Após um átimo o militar deu meia volta, saiu da sala e, da entrada, falou em tom moderado:

— Tenho ordens para recolher o acadêmico chamado.

— Ele será preso?

— Por enquanto, não. Só depois de ser interrogado pelo capitão.

— Então, se não será preso, ele não sai daqui enquanto não acabar a aula — disse Mello Motta, fitando o tenente bem nos olhos. — O senhor pode ir embora que eu mesmo levarei o rapaz. Onde devo levá-lo?

— Na secretaria de Segurança, praça dos Martírios — disse o homem, com evidente alívio na voz.

Por coincidência, no resto da aula discutiram-se sinais de fratura de crânio e eu só via um buraco redondo na chapa radiográfica, só pensava que sairia dali na companhia de Mello Motta, sim, afinal era impensável complicar o professor com uma fuga minha; mas chegando lá teriam de me enviar pro hospital ou necrotério: pra cadeia de novo, não. Alguma coisa eu iria tentar. Turrão que só eu, sabia que de maneira alguma iria recuar dessa decisão.

Mello Motta entrou comigo na sala de interrogatório, virou-se para o capitão e disse:

— Aqui está o rapaz. Vemos todos que ele está bem e são.

— Nós queremos apenas conversar com ele, professor Mello Motta.

A primeira coisa que vi na sala do capitão, que ficava no primeiro andar, foi um janelão aberto que dava para a rua lá embaixo. Um cara jovem, leve e esportista como eu podia perfeitamente sair-se bem no salto e ainda correr e escapar.

— Sente aí, o capitão apontou para um banco alto, todo de madeira, em frente à sua escrivaninha. Notei que era um branquelo magrinho e não poderia à força me deter. Diferente do soldado que montava guarda na porta, com um fuzil no ombro.

— Vejo que o senhor está aqui no maior movimento junto com este comunista Sebastião da Hora.

E apresentou-me um diploma assinado por mim que atestava que determinado colega concluiu o curso de extensão universitária sobre cancerologia, patrocinado pelo CENTRO ACADÊMICO PROF. SEBASTIÃO DA HORA, do qual eu era diretor do departamento Científico.

— Só se foi em sessão espírita, esse movimento, *seu* capitão. Ele morreu em 1959. Foi professor aqui na Faculdade de Medicina de Alagoas e o nome dele no nosso Centro Acadêmico é uma homenagem que prestamos.

Me arrependi de imediato da brincadeira, mas o militar não entendeu bem o que eu disse.

— Soube da sua reunião subversiva ontem na faculdade, com Lúcia Guiomar e Flávio Sena, seus colegas de classe e comunistas.

— Reunião sim, subversiva não: estávamos estudando para a prova.

— Um seu colega de turma, que faz estágio com você na casa de saúde Neves Pinto, afirmou que o senhor, logo que saiu da última prisão, esteve lá e fez troça dos militares durante uma reunião clínica.

Aí eu já fui relaxando, porque sabia como a coisa era, e se o capitão fosse me prender mesmo, já o teria feito sem delongas. Parecia que ele estava caçando um jeito de não me prender.

— Capitão, isso não é verdade e posso trazer para o senhor uma declaração assinada pelo diretor da clínica, dr. Dirceu Falcão, atestando que não houve nada disso.

— Pode me trazer isso no mais tardar amanhã?

— Sem falta.

— Vou lhe mandar de volta pra faculdade.

Dirceu, sempre amigo leal, assinou o papel sem pestanejar, abortando assim no nascedouro minha carreira de fugitivo clandestino ou ocupante da unidade de trauma ou hóspede permanente do mausoléu familiar.

Após a prisão política, concentrei todas as minhas energias no estudo da medicina, iniciando um intenso envolvimento acadêmico, estagiando com professores de cirurgia das melhores universidades do país. As enfermarias e centros cirúrgicos dessas faculdades, nos períodos de minhas férias escolares, passaram a substituir as cavalgadas, caçadas, pescarias e banhos na fazenda. Para minha surpresa, naqueles ambientes tão diversos da minha província, nunca me senti um estranho. Era confortável o convívio com os outros estudantes. Gente da minha idade, alunos do mesmo ano. Entretanto, tão à minha frente. Eram êmulos para mim. Forcejava para alcançá-los. Curiosamente, a minha intromissão era aceita por eles. Talvez por me julgarem um rematado tolo ou um visionário inofensivo. O fato é que partilhavam comigo os seus estudos nas minhas estadas periódicas.

Por outro lado, na minha faculdade em Maceió, configurava-se uma situação interessante para um aprendiz de cirurgião como eu, cursando o quarto ano da graduação: o pronto-socorro municipal era o lugar mais adequado para aprender os procedimentos de emergência, assim como o nosocômio estadual nas oportunidades da cirurgia eletiva: havia gente, equipamento e manutenção oriundos de universidade dos Estados Unidos e trazidos por uma instituição filantrópica americana. Foi lidando nesses ambientes, junto com colegas, médicos e professores, que pratiquei a cirurgia. No último ano do curso de graduação, eu já realizava intervenções cirúrgicas de grande porte, sob monitoria. Lembro-me de grandes operações "de pele a pele", estritamente monitorado pelo primeiro auxiliar, quase sempre um dos professores de cirurgia da faculdade. Às vezes, quando a intervenção era ginecológica ou obstétrica, o monitor era meu próprio tio Lessa, professor-catedrático. Como pagar à vida por tamanho privilégio?

No decorrer do curso de medicina, quantos momentos luminosos, de doces lembranças. As amargas não, essas estão mortas. Exceto uma, que ainda hoje vive e estrebucha.

Conceição...

Era uma negra magra e estreitinha, bonitinha, de cerca de quarenta anos. Cozinheira de forno e fogão, passadeira e lavadeira. Os cabelos lisos, o nariz afilado e os negros olhos amendoados evidenciavam seu sangue índio, ficando por conta da herança africana o breu da pele. Quando chegou lá em casa, minha mãe, Amair, já tinha morrido havia muitos anos e nossa casa era regida por uma amiga da família, Anita.

Viúva solitária e desimpedida, beirando a velhice, obesa e saudável, Anita veio passar uns tempos comigo e com minha irmã mais nova, ainda criança, Clara Maria. Havia a necessidade de alguém administrar tudo, uma vez que meu pai vivia muito tempo fora de casa, trabalhando como médico parteiro. Minha irmã mais velha, Vivice, vivia na França, estudando filosofia. Tempos depois, Anita foi embora e Conceição assumiu tudo dentro da casa.

Conceição tinha um namorado, Jonas, jovem arruivado e de cabelo muito crespo, que ela visitava em fins de semana alternados. Ele morava numa casinha à beira-mar, modesta, arrumada com capricho, numa vila de pescadores, a poucos quilômetros de Maceió. Casa limpa e muito cheirosa, por causa das mudas de jasmim que ela levara lá de casa, com nosso consentimento. Para ganhar a vida, Jonas alugava a traineira de pesca do velho Cícero.

Quando adoeci por causa de gripe asiática, Conceição cuidou de mim com desvelo. Quando fui preso, assim que houve o golpe militar, ela, todas as tardes, me levava comida, enfrentando os achincalhes e grosserias por parte de alguns prisioneiros.

Já antes de sair de casa para o presídio, enfrentava dificuldades.

— Preciso do dinheiro do táxi para levar a comida do João Luiz, dr. João.

— Vá de ônibus. Ou de bonde.

— Não dá, o suco vai entornar e é muita coisa.

Ficava firme e papai lhe dava o dinheiro, resmungando.

— Está fazendo aquele comunistinha passar bem, não é Conceição?

Eu estava preso por "atividades subversivas" na antiga cadeia de Maceió, construída ainda no tempo do Brasil colônia. Era considerado um rematado traidor de minha classe, a elite rural e urbana da Terra dos Marechais.

Quando vim ao mundo, havia se passado apenas meio século desde a abolição da escravatura. Nessa época, os latifúndios do vale do rio Coruripe — como o nosso, que havia cento e cinquenta anos era da família — ocupavam também extensas áreas do planalto adjacente, com plantação de cana e criação de gado.

Ainda eram considerados feudos, com seus senhores na casa-grande, de autoridade incontestável, e os submissos trabalhadores da fazenda em suas casas modestas, quando não miseráveis, a exemplo das antigas senzalas — muitos eram descendentes de escravos.

No Nordeste do Brasil, imperava a mentalidade de castas, herança da escravatura. Os fazendeiros e senhores de engenho eram vistos como benfeitores e responsáveis pelos trabalhadores que habitavam essas terras. Estes cultivavam o solo para os patrões e também para si próprios, em regime de parceria, utilizando-se de pequenas glebas, geralmente situadas no entorno de suas moradias, onde exerciam a agricultura de subsistência e a criação de pequenos animais para consumo próprio, galináceos e caprinos, fazendo a venda dos produtos excedentes.

Os senhores de terras ditavam as leis e controlavam a polícia.

O Estado negava aos trabalhadores do campo direitos essenciais, como a assistência médica, a estabilidade no emprego, férias remuneradas e tantas outras coisas. Estes, por sua vez, punham-se à mercê dos grandes fazendeiros, totalmente dependentes da caridade e do arbítrio deles. Tentativas de organização dos camponeses visando a defesa de seus direitos mediante as leis já existentes e a criação de outras, mais justas, eram vistas como subversão e, por isso, fortemente reprimidas.

Nas décadas de 1950 e 1960, parte da juventude da classe média e da elite econômica repudiava as injustiças sociais e, renunciando à participação utilitarista, engajava-se na luta idealista em benefício dos oprimidos. Eu estava entre eles. Minha condição de acadêmico de medicina me permitia sentir na carne, nos postos de saúde e hospitais onde estagiava, o horror da situação de desamparo daquela gente. Orador fluente, bom de argumentação e retórica, nas assembleias comprazia-me em pôr em relevo o absurdo daquela situação em que se encontravam as massas operárias e camponesas. E fazia isso sem que ninguém me pudesse imputar interesses escusos, por causa de minha posição social privilegiada.

Traidor porque representante dileto das elites, menino mimado e tido como brilhante nos estudos, aprovado no primeiro vestibular, logo depois da formatura do curso secundário, para a faculdade de medicina (o que era tido como grande façanha, pois o exame era dificílimo e levado com especial escrúpulo pela banca examinadora, que exibia como galardão a reprovação de muitos filhos de gente importante). Em suma, eu era uma grande decepção, porque voltara as costas à minha própria classe.

Traidor porque me apaixonei, logo no primeiro ano da faculdade, pela teoria da mais-valia. Embolsar — como fazíamos — esse adicional era injusto, imoral, desumano, exploratório e desapropriador.

Nunca um riquinho como eu ousara tanto em nossa taba. Portas eram fechadas e romarias se faziam no consultório do meu pai para expor queixas sentidas quanto ao meu comportamento. Minha avó materna e suas quatro irmãs revezavam-se em reprimendas. Meu tio materno, o titio, que além de deputado estadual conservador, era administrador-geral de nossas terras, tinha ataques apopléticos de fúria. O suposto desgosto que haveria de ter a minha mãe morta diante da minha conduta era usado contra mim. Eu recebia pressões de toda sorte, mas estava possuído pelo germe messiânico do idealismo social. Como se pode deduzir, era grande o ódio que eu despertava.

Nada de partido comunista ou coisas que o valham, porque sempre fui visceralmente refratário a palavras de ordem e bitolas intelectuais, sendo adepto fervoroso da máxima de Voltaire: "Não concordo com uma só palavra do que dizes, mas defenderei até a morte o teu direito de dizê-lo".

O interior do prédio da penitenciária em que eu estava preso, lembrava a descrição das antigas catacumbas onde os cristãos se reuniam na Roma Antiga. Longos corredores estreitos ladeados por celas que mais pareciam buracos escavados na rocha. Paredes muito grossas. Quase nenhuma luminosidade natural. Parcas e fracas luzes pendentes do teto forneciam iluminação precária. Chuveiros nas áreas coletivas onde todos se banhavam. Presidiários comuns se amontoavam e se misturavam aos poucos presos políticos que havia ali.

Nas visitas de Conceição, presos seminus se insinuavam, e ela seguia firme:

— Sai pra lá, cachorro!

A lembrança desse episódio muito me orgulha, mas já não posso dizer o mesmo de uma decisão que tomei depois que saí da prisão, quando duvidei da mulher que amenizou os meus dias no cárcere. Fiz com ela o que os militares gostariam de feito comigo, não fosse a projeção do meu pai. Num certo dia, dei uma ordem para que o Severino, investigador de polícia, invadisse a casa de Jonas e espancasse o rapaz, a Conceição e o menino Renato, um garoto perdido no mundo que eu acolhera em casa. Os esbirros reviraram e quebraram tudo. Na época, lembro de ter ficado só um pouco aborrecido porque não houve confissão e nem encontraram o que eu esperava.

Esta história sórdida, protagonizada por mim, teve começo naquela noite, quando, saindo da casa de minha noiva, Glícia, para onde eu ia após fazer serão no laboratório de anatomia, ali perto, dissecando cadáveres — eu era quartanista —, montei na minha lambreta e fui pra casa dormir. Parei num cruzamento e, apesar do matraquear do motor, pude ouvir um choro muito sentido. Pus a lambreta no suporte. Procurando, deparei com um garoto de seus nove anos, magro e moreno, maltrapilho e sujo, gemente num canto de calçada, enrolado num pano de estopa, a lateral do rosto inchada e coberta de lágrimas. Perguntando, soube que era dor de dente.

— Você consegue montar nessa garupa aqui? — e apontei a lambreta.

Ele não disse nada, mas se levantou e, segurando a estopa em torno do rosto doente, sentou no selim. Partimos. Nessa época, Vivice já havia voltado da Europa. Chamei-a e fomos cuidar do Renato. Peguei metade de comprimido de Demerol e Vivice massageou sua face com bálsamo benguê. A dor passou e ele dormiu em nosso quarto de hóspedes, com o corpinho encolhido e perdido na imensidão do colchão.

Nosso casarão tinha seis quartos, três dos quais sempre vazios. Era cercado por grande pomar, quintal e jardins. No sótão, havia acesso pela parte de trás, mediante escadaria que dava numa bela porta de bronze, que nunca era fechada à chave, e que oferecia acesso a um terraço enorme, onde estavam a minha rede e a do meu pai. Eu e ele tínhamos o costume de adormecer nelas e, no meio da noite, nos transferir para o quarto. Havia também o Radar, de todos nós e da casa, um imenso pastor alemão de capa preta e patas descomunais que vigiava tudo e nos protegia (no momento da compra, fomos inutilmente desaconselhados a escolhê-lo, por causa de suas desproporcionais patas de recém-nascido, que já denunciarem a futura ferocidade). Pena que, quando o Renato chegou lá em casa, o Radar já havia morrido. O menino certamente amaria o enorme cão de guarda.

No dia seguinte, levei Renato ao dentista, que lhe extraiu o dente enfermo e receitou antibióticos. Em pouco tempo, estava curado. Contou que não conhecia a mãe, e que fugira do orfanato há alguns meses, passando a morar nas ruas, junto com outros pivetes. Ficou conosco, dormindo no grande quarto de empregadas, na companhia de Conceição, numa espécie de adoção. Ela repartia o quarto de quatro camas com a arrumadeira. A chegada de Renato foi uma festa. Conceição também o levava para a vila de pescadores de Jonas, aos fins de semana. Renato era simpático e disciplinado. Gentil, educado e trabalhador. Pensávamos em matriculá-lo no grupo escolar, no semestre seguinte. Foi acolhido por nós num momento de muito sofrimento, e se apegou a Conceição. Era dócil e obediente, como um filho carinhoso.

Por outro lado, Jonas estava indo muito bem como pescador e Conceição não escondia que, num dia não muito longe, iria se casar e viver com ele. Parecia haver planos de adoção. Renato levava jeito para a navegação, eles diziam, sorrindo.

Foi então que um dia acordei e dei por falta do relógio de ouro que meu pai me dera e de um par de abotoaduras, presente de minha avó. Eu havia seguramente colocado tudo sobre a mesinha de cabeceira, antes de adormecer. Estranhei. Não havia sinais de entrada de intrusos. Conceição e Renato disseram que não sabiam de nada e saíram procurando pela casa. Nada.

Dei queixa na polícia sobre o sumiço das joias. Na delegacia, como conheciam minha família, estavam ávidos por nos servir. Contando o caso, eles concluíram: deve ter sido Conceição ou Renato, ou ambos, com a cumplicidade de Jonas. Concordei. Aguardamos o próximo fim de semana em que os três estivessem na vila de pescadores e, então, fomos todos para lá, eu e os policiais.

— Pelo amor de Deus, João Luiz, eu trabalhei todos esses anos pra vocês e nunca roubei nada. Jonas é muito honesto e nada deve à polícia. Esse menino, Renato, adora você e nunca que ia fazer uma coisa dessas.

Foram tapas e muxicões, todos os três apanharam muito da polícia, a casa foi revistada, muita coisa foi quebrada. Não houve confissão, nem o relógio apareceu.

— Eles já devem ter vendido suas coisas — disseram os policiais, com o que eu concordei.

— Conceição, vá lá amanhã e retire seus troços de minha casa, e pegue seu pagamento com a Vivice. Não leve o Renato de volta.

Meses se passaram, sem novidades sobre minhas coisas roubadas, até que alguém bateu à minha porta.

— Sou irmã do Paulo Avelino, de apelido Viçosa — disse a moça morena e gordinha que apareceu à minha procura. — Sei que é filho do dr. João Azevedo, que ajuda a todos, e peço por tudo quanto é sagrado que o senhor salve o meu irmão; ele foi baleado na perna e está preso na delegacia com a ferida sangrando, sem nenhum curativo. Já confessou que roubou suas coisas, e ouviu a conversa que agora vão matá-lo e desaparecer com ele, para ficarem com as joias.

Na delegacia, disfarcei:

— Soube que prenderam um ladrão que pode ter ido lá em casa. É um tal de Viçosa e está ferido na perna.

— Isso mesmo, doutor, já estávamos indo falar com o senhor. As coisas estão aqui — e Severino retirou de uma gaveta minhas abotoaduras e o relógio, embrulhados numa imunda toalha de rosto.

— Onde está o homem? Quero falar com ele.

Levaram-me à cela. Ao me ver, Viçosa deu um pinote perneta, qual um saci, exibindo a canela esquerda com sangue seco na pele e um buraco de bala a descoberto. Aproximou-se das grades e choramingou:

— O senhor é filho do dr. João, não pode ser ruim de me deixar morrer aqui, seu doutor.

— Como você entrou em casa?

— A porta estava sem chave!

— Eu ainda estava na rede?

— Sim, senhor.

— E se eu acordasse na hora?

— Ave Maria, seu doutor, Deus me livre dessa má hora!

— Mas o que você faria, Viçosa?

— Um jeito eu tinha de dar, né mesmo?

— Este cabra ia era lhe matar. Pode deixar ele com a gente — disse Severino.

— Presta não — eu disse. — Deixa pra lá.

A meu pedido, veio uma ambulância e fomos todos ao pronto-socorro. Quem estava de plantão, dentre os estagiários, era meu colega Úlpio, veterano sextanista, todo imponente no avental branco e ostentando a calvície precoce. Em dois anos, seria eu a estar ali.

— Caramba, João, atirastes nele? — disse, examinando o ferimento.

— Não fui eu.

As radiografias mostravam uma bala perto do osso da perna, mas sem afetá-lo, e do lado oposto ao do trajeto da artéria e veia. Não havia perigo na retirada, o que Úlpio fez com destreza e maestria, após aplicar anestesia local, não sem certa pose e maneirismo (depois se tornaria um excelente cirurgião de tumores, muito hábil com as mãos). Fez estalar as luvas ao retirá-las, atirando-as com precisão bem dentro do cesto. Ordenou curativo e antibióticos.

— Pode levar seu negrão de volta à cela, e bom proveito — disse ele, para me provocar.

— Obrigado, compadre velho. Ôi, Severino, dê pra ele tomar com água quando começar a doer — ordenei, e pus um frasco com analgésicos na sua mão.

No dia seguinte, logo de manhã cedo, fui à vila de pescadores do Jonas.

— Foram-se embora os três — disse o dono da bodega. — Seu Cícero não quis mais alugar o barco de pesca a ele, depois daquele caso da polícia. Penso que foram lá pras bandas da Barra de São Miguel.

Danei-me pra lá, a cerca de cem quilômetros de distância. Não estavam. Ninguém conhecia, nem os havia visto. Nunca mais os encontrei.

Hoje, de vez em quando, ao cair no sono, penso que escuto

um chorinho tênue, desconsolado, desamparado. Já faz muitos e muitos anos, mas ainda posso ver com clareza o pavor estampado nos olhos negros amendoados e uma cabeleira ruiva sendo grosseiramente repuxada.

13.

Quando terei uma oportunidade menos efêmera?

Durante o curso de medicina, eu era totalmente devotado aos estudos. Um rematado CDF. Horas intermináveis decifrando os quatro espessos volumes do Testut Latarjet, em francês, sobre anatomia humana, o catatau de histologia do Ham, bíblia maior, e trabalhando no laboratório de anatomia, lidando com assustadores restos humanos, os vapores de formol adentrando os olhos.

Era uma encrenca dos diabos ir de minha casa, no bairro de Pajuçara, até a escola de medicina, lá distante. O ônibus parava quase na minha porta, mas passava longe da faculdade, e tinha-se que andar um bocado. No friozinho da manhã, tudo bem; já no segundo turno, depois do almoço, caminhar debaixo dum sol que tostava tudo era cruel.

Logo no início do primeiro ano do curso, comprei uma lambreta velha por quatro tostões furados, que só me deu dor de cabeça. Então fui ao consultório do meu pai falar com ele — como ocorria quando tínhamos que ter uma conversa séria — e expus toda a minha desgraça. Pedi uma lambreta nova. Como sempre, ele concordou na hora. Saí correndo para a loja e logo tinha uma máquina azul celeste, com um maravilhoso quadro no guidom exibindo mostradores cheios de luzes verdes e números de belíssimos formatos. Essa lambreta foi como uma linda irmã por três anos a fio, levando-me a toda parte sem falhas.

Depois a troquei por um jipe americano Willys Overland Cj-3A 1951. Isso foi no início do quarto ano. Esse jipinho foi a verdadeira paixão da minha vida. Primeiramente, devo dizer que fui quase um genitor dele, pois o encontrei abandonado numa oficina de fundo de quintal, todo arruinado, com a pintura avariada, os pneus imprestáveis, as molas dos assentos saltando para fora e com vários rasgões na capota. A bateria descarregada e imprestável. Faltava a moldura do para-brisa.

O motor estava perfeito, conforme atestou meu mecânico de confiança.

O tratamento do jipinho durou semanas. Tudo do bom e do melhor, sem contar despesas: cinco pneus militares novos, pintura metálica verde-oliva, fulgurante, capota de lona da melhor tessitura, poderosa bateria moderna. Alteramos para doze volts a parte elétrica, com substituição da fiação antiga. Estofados novos pretos, altos, macios, firmes. Fomos buscar num ferro-velho de Usina distante uma moldura de para-brisa com o respectivo vidro, tudo em ótimo estado. Inclusive recuperamos, com soldaduras, pintura e outros reparos, o tanque reserva de gasolina, que ficava na parte externa. Até rádio de ondas médias e curtas colocamos nele.

No final, o jipinho ficou uma joia.

Então decidi ir, por terra, de Maceió a São Paulo, distantes dois mil e quinhentos quilômetros, nas férias de julho, no transcurso do inverno, montado no meu jipinho. A BR 101 sofria com intensos temporais e estava interditada em longos trechos. Rotas alternativas, passando por pequenas cidades, eram propostas. Barreiras tombavam, crateras de abriam e rios inundavam essas estradas vicinais. Os jornais noticiavam e todos tentavam dissuadir-me da aventura.

Qual o quê! Turrão e teimoso igual a mim só eu mesmo. Meu jipinho tinha tração nas quatro rodas!

Lembro que tio Lessa, meu professor de medicina, preocupadíssimo, foi falar com papai.

— Não há quem possa com esse menino, João Lessa.

A ideia era comparecer naquele ano aos cursos de inverno do Colégio Brasileiro de Cirurgiões, na Faculdade de Medicina da Universidade de São Paulo, ao tempo em que estagiaria no Hospital das Clínicas, na cirurgia do professor Edmundo Vasconcelos. O tio de Glícia, que clinicava em São Paulo, dr. Cansanção, amicíssimo de Vasconcelos, havia acertado tudo. O professor nos receberia nas enfermarias e conseguiria nosso albergue nos alojamentos da universidade.

Convidei meu amigo Ari, do quinto ano. Um cara muito inteligente. Bom caráter. Vinha de uma família de policiais militares, ele mesmo sendo cabo, quando abandonou a carreira para cursar medicina. Gostava de estar com Ari porque os interesses em comum eram muitos, tinha boa conversa e era sensato e ponderado, contido, controlado, muito útil para contrabalançar um pavio curto malucão como eu. Jamais entrei em confusão estando com ele. Atalhava e passava a vau.

Partimos de madrugada, como convém.

Viagem sem incidentes. Atoleiros todos vencidos. Durou quatro dias. Na cidade, pergunta que pergunta, chegamos ao Hospital das Clínicas, quase à meia-noite. Estacionei o jipinho num canto do pátio do pronto-socorro.

Telefonei da portaria diretamente para a casa do professor Vasconcelos, pois ele me havia fornecido seu número temendo exatamente que eu chegasse meio perdido. Ele não ficou muito satisfeito em ser acordado, mas finalmente informou-me que, naquela noite, nada a fazer quanto ao alojamento na cidade universitária, mas que iria tomar providências para que pudéssemos dormir ali mesmo no hospital. Que aguardássemos na portaria. Alguém viria me orientar. Retornei o fone ao porteiro. Logo vieram pessoas vestidas de enfermeiros e nos conduziram para o décimo terceiro andar. Vasconcelos mandou esvaziar uma enfermaria, transferindo dali os pacientes para outra. No meio da noite lavou-se tudo, trocaram-se as roupas de cama e nós dormimos num quarto de três leitos, cheirando a desinfetante e com lençóis limpinhos.

Aguardamos cedinho e, após as abluções matinais e banho no nosso limpíssimo banheiro exclusivo da enfermaria, fomos tomar o café da manhã no refeitório do pronto-socorro. Enquanto apreciávamos a comida e éramos apresentados ao excelente café paulista, fomos interpelados por um segurança:

— Este jipe aí fora, era de vocês?

— Era? — e nos entreolhamos.

— A polícia levou…

Saímos correndo. É que de noite estacionamos em local proibido, bem na entrada dos carros.

Dois idiotas!

Fomos de táxi ao departamento de trânsito. Despesa inútil.

Sorte que o policial que nos atendeu era um oficial de meia idade e simpatizou conosco. Era amante de carros e ficou fascinado pelo jipe. Divertiu-se com nossa aventura. Adotou uma postura meio paternal e facilitou a burocracia. Pagamos a multa e retiramos o jipinho.

Na volta, cuidamos para que o estacionamento fosse regularizado. Conseguimos um crachá. Fomos conhecer o alojamento da cidade universitária e o nosso quarto era bem legal. Arrumamos tudo e almoçamos no restaurante universitário. Passeamos por ali. Grandes espaços, como em nossa terra. Só faltava o mar.

No dia seguinte, às oito horas em ponto, reunião com Vasconcelos. Éramos uns trinta. Na entrada do anfiteatro da enfermaria havia um busto dele, de mármore negro. Posava com expressão altiva e sagaz. No interior, um grande quadro de linhas modernosas com sua imagem. De avental branco, na mão direita segurava um bisturi dourado. Era um homem na casa dos cinquenta, com estatura abaixo da média, nem gordo nem magro, mas barrigudinho, com cabelos ralos; o queixo alteado e ele todo empertigado, como se forcejasse por crescer mais um pouco. Tinha uma expressão facial ladina, de quem acaba de passar a perna em alguém e se regozija por isso.

— Veem este bisturi? — disse logo de início. — É de ouro. Recentemente percorri América e Europa para entregá-lo ao melhor cirurgião do mundo. Voltei com ele porque o melhor sou eu e estou aqui.

Vasconcelos tinha ideias científicas muito peculiares. Contra todas as evidências incontroversas da época, naquela aula ele nos disse que a dilatação do esôfago nos portadores de doença de chagas se dava por causa da destruição dos nervos por um vírus, e não pelo verme *Trypanosoma cruzi*, como estava já sobejamente demonstrado. Ele não permitia que se colocasse na barriga um tubo de borracha na mesma hora da retirada da vesícula cheia de pedras, contrariando o que todos faziam naquele tempo. É que se sabia que da "casa" da vesícula no fígado podia ficar vazando bile e enchendo a barriga, fazendo ser necessária nova operação, se não houvesse um caminho de borracha previamente colocado para a bile sair. Dizia a lenda que os assistentes de Vasconcelos vez por outra eram obrigados, na calada da noite, a reabrir barrigas para evacuar a bile acumulada. Não se comunicava ao professor. Outra bizarrice lendária relatada era a de que Vasconcelos mantinha a lavagem de mãos dentro do tempo protocolar, mesmo quando a urgência da intervenção era crítica, como no caso de sangramento do estômago, causando anemia aguda.

— Sacrifique-se o doente, mas não a técnica.

O fato é que Vasconcelos era odiado por muitos. Batia com muita perversidade e não tinha limites nas ofensas no trato com seus subordinados. Talvez aí a origem das lendas.

Certa feita — e isto não é lenda, porque testemunhei — ele se programou para operar um estômago. Muito enxerido, eu consegui acompanhar tudo de dentro da sala de operações, em vez de observar a partir do anfiteatro cirúrgico, através do janelão de vidro do teto da sala, como a maioria.

Numa coreografia bem ensaiada, primeiro entraram os auxiliares e aprontaram tudo para começar a função. Chapas radiográficas foram colocadas no negatoscópio. A seguir adentrou o primeiro assistente e abriu, de par em par, o ventre do doente. Não tocou nem examinou o conteúdo da barriga, pois a praxe dizia que isso era prerrogativa do cirurgião principal. Então surgiu o professor. Enquanto enxugava o antisséptico das mãos, relanceou as chapas.

— O que vou operar aqui? — vociferou. — Um câncer de estômago ou uma hérnia de hiato?

Os aspectos radiográficos de ambas as doenças são muito semelhantes.

— Uma hérnia de hiato, professor — tartamudeou o assistente.

As enfermeiras ajudavam Vasconcelos a vestir as roupas esterilizadas. Ainda sem tocar no doente, ele gritou:

— Chamem o radiologista.

Um corre-corre danado e eis que aparece um senhor negro, grisalho, com a máscara e o gorro cirúrgico todos tortos, como ocorre quando os não cirurgiões tentam utilizá-los.

— O que é isto, *seu* doutor? — esbravejou Vasconcelos.

— Professor, esta hérnia está um pouco difícil de ver, porque...

— Hérnia da sua burrice! Hérnia cerebral que você deve ter. Isto é um câncer de fundo gástrico!

O radiologista foi se esvanecendo e Vasconcelos já todo paramentado acercou-se e enfiou a mão no ventre do paciente.

— O tumor é grande, mas sai.

E começou a operação propriamente dita.

Nesse momento eu me achegara para postar-me bem perto dele, tendo cuidado extremo de não esbarrar nas suas costas. Assim podia mirar diretamente o campo cirúrgico por cima dos seus ombros. Fiquei ali, maravilhado com sua fantástica destreza técnica, com o incrível descortino em evoluir a tática operatória, se iria por ali ou acolá, que aspecto atacar primeiro. O silêncio era total. Ele pedia os instrumentos por gestos codificados e tudo fluía como belíssima melodia. Fascinado, eu só suspirava bem fundo, como acontecia quando eu me emocionava.

De repente, Vasconcelos cessou. Pôs uma compressa sobre a grande ferida cirúrgica e dirigiu lentamente o olhar em direção aos pés do paciente, cobertos pelos panos cirúrgicos esterilizados, e mirou direto nos olhos de um professor argentino que tinha vindo aprender com ele. Ficou tudo congelado por um segundo. Então Vasconcelos falou com doçura:

— ¿Dónde hizo su formación, el doctor?

O médico respondeu vivamente, aliviado: — *En el hospital de emergencias de Buenos Aires.*

— *Hospital de mierda que no le enseñó a no contaminar el campo. ¡A su barriga se la está apoyándo en el paño esterilizado!*

Daí em diante o médico argentino permaneceu congelado e fitando o vazio.

A cirurgia prosseguiu soberba e, ao final, Vasconcelos havia isolado e tinha nas mãos, num bloco só, a parte mais baixa do esôfago, todo o estômago e os tecidos vizinhos.

Eu estava deveras emocionado. Suspirei fundo, diretamente na orelha esquerda de Vasconcelos.

— Cansado, doutor?

Gelei. Pedi proteção à minha mãezinha morta. Todos aguardaram a minha execução.

— Não, professor, é um tique que eu tenho — balbuciei com um fio de voz.

— Um tique, hein? No ouvido das meninas no cinema, não é?

Eu fazia ruídos por baixo da máscara querendo configurar risadinha cordial.

— E tem dado resultado?

— É, professor, às vezes.

— Pois bem: saiba que no meu ouvido não dá resultado nenhum!

Um dia Joamel Bruno de Melo nos avisou que iríamos visitar a Universidade de Campinas. Haveria um almoço e um de nós teria de discursar em nome do grupo e saudar os anfitriões etc. Não sei se Ari foi meu cabo eleitoral nas sombras, mas o fato é que fui eleito pelo grupo. No discurso, inventei lá uma metáfora de que ao ver o povo de São Paulo do alto dos prédios eles pareciam formiguinhas laboriosas, e isso é que são as pessoas da área médica como nós, que trabalham em silêncio e discretamente para o bem de todos e coisas que tais. Isso agradou e eu fiquei com fama de orador. Talvez por causa disso, Vasconcelos, numa manhã, me convocou a seu gabinete e me pediu para ler o discurso que faria numa solenidade não sei qual em que ele seria homenageado. Concordei, claro, e passei a ler o discurso empostando a voz e caprichando na dicção, dando ênfase dramática adequada às passagens do texto, enquanto o professor entrava em transe e de olhos fechados saboreava o discurso. Terminei. A peça era emocionante até às lágrimas sem ser piegas, edificante sem arrogância, vazada de linguagem precisa, erudita e sofisticada sem ser pretenciosa. Enfim, uma obra de arte literária da maior categoria.

— Que tal?

Inesquecível por sua ressonância poética, um trecho que sempre plagio em meus discursos é o que se refere à presunção de se tentar escamotear etapas em vez de se resignar face aos percalços e à comprideza do percurso. O trecho é: "Não há arrodeios, não há paranás, não há veredas".

— Professor, o senhor acaba de fazer algo que eu julgava totalmente impossível.

— Que seja?

— O senhor foi maior que o professor Edmundo Vasconcelos em um discurso. O senhor se superou a si mesmo com este texto, professor.

E não se sabia por que Vasconcelos gostava tanto de mim...

O estágio e o nosso dinheiro estavam se finando. Julho também. Só mais alguns dias. Então vínhamos pela avenida, sem correr demais, quando houve uma colisão. À nossa frente trafegava um Aero Willys 2600 novinho em folha, amarronzado. Ficamos admirando. Ari me chamou a atenção para o nível de óleo baixo. Quis conferir no marcador e desviei os olhos da rua. Nisso o sinal fechou, o carro à frente freou bruscamente e eu me enfiei em sua traseira, sem sequer poder tocar nos breques. Pude ver grades de cadeia na minha frente e ouvir o oficial cortês dizendo que assim era demais, nada podia fazer e todos vão em cana, inclusive o jipinho. Mas isso foi só um átimo porque tratei de pular para fora do jipe. Do carro desceram o motorista uniformizado e um passageiro que estava no banco de trás. Este era um senhor circunspecto, de terno azul. Na entrada dos quarenta. Veio pressionando as costas com a mão direita e do seu queixo escorria um filete de sangue. O meu já havia fugido do rosto e eu não pude empalidecer mais ainda. Entretanto, para meu alívio pude ver com clareza que se tratava de lasca de pele retirada no barbear. Ele nada disse e só fitava o estrago na traseira do carro, que afundara. Enquanto isso, ileso e indiferente, o jipinho continuou ronronando o seu motor em ponto morto e tremelicando enquanto eu gaguejava explicações e desculpas para o executivo. Em segundos fiz uma síntese biográfica minha e de Ari e terminei por enfatizar nossa miserabilidade financeira no momento e a intenção de zarpar da cidade nos próximos dias para reassumir as aulas na faculdade e coisa e tal.

— Nós temos seguro, não se preocupe — o executivo estava calmo, quase cordial. — Só queremos anotar seus dados.

De fato, no outro dia o motorista me procurou no estágio para assinar papéis e tudo acabou bem, pelo menos para mim.

Alguns dias depois, encetamos a viagem de volta.

Rodamos dois mil quilômetros até Feira de Santana, na Bahia, na direção de Maceió, com o jipinho aguentando firme. Lá soubemos que a rodovia BR 116 estava interditada, e teríamos que derivar para Jeremoabo, a trezentos e cinquenta quilômetros ao leste, por uma estrada de terra cheia de lama. Chovia muito. Tempestade total com raios e tudo. A tarde morria. A previsão era de que só chegaríamos a Jeremoabo de madrugada.

E foi assim.

Passamos ao largo da cidade sem que houvesse ainda um raio de sol. Logo depois um campo de barro, com pouca indicação do trajeto da estrada, estava adiante. Fomos que fomos e o jipinho batalhou com as quatro rodas, forcejando, até que começamos a derrapar para o sopé de um monte de barro e atolamos definitivamente. O jipe ficou incrustado. A chuva era assustadora. Sair do jipe era impensável. Os trovões espocavam sobre nossas cabeças e raios incandesciam o céu. Eu e Ari estávamos mudos e aterrados. O morro ameaçava deslizar sobre nós e nos sepultar vivos. O sentimento era de puro pânico.

De repente, sem que eu soubesse como nem por quê, uma onda de aprazível bem estar tomou conta de mim. Uma reação do organismo à situação inescapável de extremo perigo que enfrentávamos. Era como se nada de mal me pudesse acontecer. Adormeci.

Quando acordamos havia uma fila de carros parados dentro da lama, sendo o nosso apenas um a mais. A fome incomodava. Uma família nos deu uns biscoitos. Ao meio dia, fomos desatolados por um trator da prefeitura.

Seguimos viagem. Ao entrarmos em Alagoas, tivemos de trafegar pelo alto sertão, fugindo das inundações e atoleiros. No trajeto, mais uma vez ficamos presos na lama ao subirmos uma ladeira, e pedimos auxílio à gente de uma fazenda próxima, que veio com uma junta de bois e nos desatolou. No finzinho da tarde, chegamos a Junqueiro. Exceto pelos biscoitos filados de manhã, nada tínhamos comido. Fome danada. Decidimos procurar um restaurante e pedir fiado. No limite, deixaríamos nossos relógios como garantia. Mas eis que surge ao longe uma figura familiar. Um cavaleiro. Identifiquei primeiro o animal: Conhaque. O bicho tinha a exata cor dessa bebida e seu pelo molhado de suor rebrilhava com as reverberações do sol poente. O cavalo jamais seria emprestado a ninguém por Zé Geraldo, meu primo em segundo grau, dono da fazenda São Mateus, não longe dali. Era ele. Parei o jipe.

— Zé! — eu gritei.

Ele veio galopando até nós.

— De onde diabos vocês saíram?

— Estamos vindo de São Paulo — e apresentei o Ari.

O Zé ficou olhando o jipe.

— Que jipinho maneiro!

— Não é mesmo? Zé, leve a gente num restaurante.

— Venham atrás de mim.

E saiu esquipando, fazendo pose, com a gente na cola dele. Ficara com sequela no lado esquerdo do corpo depois de um derrame e mancava bastante. Mas em cima de um cavalo não tinha pra ninguém.

Comemos a valer. Pedi uma galinha ao molho pardo e Ari ficou com buxo de bode. Vieram umas cervejas.

— Vocês estão com cara de mortos, e imundos. Vou deixar o Conhaque no sítio do Venceslau e vocês vão dormir lá em casa.

— Zé, você é um santo!

Eu estava exausto e dirigir a noite toda para Maceió não era boa coisa. Em quarenta minutos estávamos no São Mateus. Tia Bezinha — apelido de Marie-Jeane, irmã de vovó Ávia e mãe de

José Geraldo — nos mimou muito. Tomei uma chuveirada fria que parecia uma bica. Toalhas felpudas e cheirosas como aquelas não conheço. Depois fomos dormir em camas enormes, sobre colchões macios de capim socado e travesseiros de penas de ganso. Nem vi quando Ari apagou o candeeiro. No outro dia acordei logo bem cedo e fui escovar os dentes com água num copo, na beira da varanda dos fundos da casa, despejando o bochecho na grama e fitando o pasto repleto de passarinhos que despertavam e faziam muitos cantos. O orvalho recobria a grama de tal forma que parecia tudo encimado por pequenos brilhantes. Muitos galos não haviam ainda encerrado o concerto. A algazarra era muita porque ali perto ficava o cercado com as casinhas dos numerosos galos de briga do Zé, conhecidos na região toda pela valentia e competência.

Veio o café forte e fumegante. Comi muita coisa, mas me lembro bem do inhame grosso e macio, coberto por nata de leite. A mesma nata que eu espalhava nas espigas de milho cozido. Ari ficou fascinado pela cozinheira, uma velhinha enrugada e esperta de quase cem anos.

Beijos na tia Bezinha, abraço no Zé, e pé na estrada.

14.

Aventuras de um recém-formado

Ao final do curso, eu tinha uma ambição, do tipo de matar o suplicante se não fosse realizada. Eu queria ser o orador oficial da turma de formandos em medicina de 1966. Havia muitas dificuldades. Primeiro, por ser turrão e briguento, angariei alguns desafetos. Como se não bastasse, até 1964, eu tinha militância esquerdista no movimento estudantil e a turma, agora, era dominada pelo grupo da direita.

Nessa conjuntura, lembro-me da Greve do Terço, como foi chamado um movimento estudantil paredista de âmbito nacional que eclodiu naqueles dias, cuja reivindicação era de que um terço de todos os órgãos colegiados das universidades brasileiras fosse composto por alunos. Uma sandice. Mas, durante a greve, eu comandara a tropa dos agitadores, promovendo encontros para discutirmos os assuntos ligados às questões universitárias. Também organizávamos espetáculos de coral, com canções engajadas e, no limite, imitávamos, no palco alugado do teatro municipal, os trejeitos dos professores mais acirradamente contrários às reivindicações — eu era especialista no professor de parasitologia, de saudosa memória: uma vingança mesquinha por ter-me feito memorizar todos aqueles filos e que tais. Além disso, eu costumava me apoderar do microfone do carro-propaganda, alugado pelo Centro Acadêmico na época da greve, para pedir em altos brados ao reitor que concordasse conosco, sob pena de perder o bonde da história e ficar obsoleto. O pior é que o filho do reitor era meu colega de turma e liderava um grupo numeroso. Entretanto, nas minhas exortações em defesa da greve, assim como nas pantomimas que realizava, eu nunca pude esconder, por completo, o imenso carinho e respeito que sentia por aqueles senhores sisudos que me ensinavam medicina. Acho que isso me salvou: a minha candidatura a orador não foi vetada. Creio que também pensavam que ninguém em sã consciência votaria naquele estudante amalucado para orador oficial.

Na época, a solenidade de colação de grau em medicina era imponente e majestosa. Compareciam do governador ao bispo, do general-comandante da Região Militar ao desembargador-presidente, além das autoridades acadêmicas. Os formandos quedavam-se circunspectos, emocionados. Estavam especialmente receptivos: o que era dito ali tocava profundamente suas almas.

Antes dos preparativos finais para a formatura e para a eleição do orador, algo inusitado aconteceu. Havia o projeto de uma excursão de minha turma pelo Brasil afora, de ônibus fretado, durante quarenta e cinco dias. A animação era geral. Eu, do alto da minha excentricidade, planejei permanecer em Maceió. Fui o único a não partir com o grupo. Isso porque queria permanecer todo esse tempo como o único sextanista de plantão no pronto-

-socorro municipal, papando todos os procedimentos que viessem a aparecer, secundado por solícitos e reles quintanistas. Era um bom plano, há de se convir. E deu certo. Suturei tanta gente que deu calo de porta-agulha no polegar. Só voltava para a casa para um bom banho e troca de roupa branca. Uma delícia.

No retorno da turma, soube da catástrofe. Não, nenhum acidente na estrada aconteceu. Mas havia egos com todo tipo de ferida. Desavenças e brigas, próprias do confinamento e da convivência forçada durante tanto tempo de viagem. Ninguém se entendia. Todos tinham algum tipo de mágoa recente de todos. Exceto, vocês conseguem adivinhar de quem? Isso mesmo. Na solenidade, fiz um discurso ingênuo e pueril, à minha semelhança, que agradou a gregos e troianos — e de todas as minhas fotos, a deste momento é a de que mais gosto.

Faz cinquenta anos (foi em junho de 1967, seis meses depois de minha formatura) que um fotógrafo ambulante tirou esta foto minha, que agora tenho nas mãos. Estava com meu amigão Pádua, na Cinelândia, Rio de Janeiro. Era o último dia do congresso anual do Colégio Brasileiro de Cirurgiões e já pensávamos na volta para Alagoas. Quem diria que, apenas algumas horas depois, na madrugada de Copacabana, estaríamos pagando a mais esdrúxula conta que já pude saldar na minha vida: duas mesas, cinco cadeiras, vinte e seis recipientes de cerveja e alguns copos e pratos, entre outras miudezas. Era pagar ou iríamos todos ao delegado. Todos significava: eu e Pádua de um lado, e onze rapagões cariocas, do outro. A rapaziada era toda movida a mesada. Eu e Pádua tínhamos alguma grana da profissão. O ônus tinha de ser nosso mesmo, ou não haveria pagamento.

Sobre o embate, devo dizer que não foi uma luta justa, dada à disparidade de forças, mas que foi divertido. Não nos machucaram muito, só um pouco. E também batemos, mas não tanto como gostaríamos.

Tudo começou quando chegamos a um bar na orla de Copacabana, para uma cerveja antes de dormir. Havia poucas mesas ocupadas. Duas com casais de meia idade, uma com um cara solitário, outra com três rapazes queimados do sol, apesar de ser inverno. Estes eram gente que vivia na praia, graças a papai e mamãe. Tinham camisas de inverno, de gola rulê, conforme era moda. Outra mesa estava ocupada por três moças: bem jovens, engraçadinhas, roupinhas modestas e bem arrumadas, tipo simpáticas caixeiras de supermercado. Sentamos. Elas lá na delas e nós cá na nossa. No espaço do bar avarandado havia os sanitários em linha reta, a mesa dos rapazes, a das moças e a nossa. Inicialmente, que trouxessem chopes para nós. Vieram muitos. Conversa vai, conversa vem, percebemos os três carinhas tentando a paquera e as meninas nem aí. A certa altura os moços começaram a falar alto e as moçoilas firmes no papinho delas, ignorando. Aí um dos caras pegou uma espécie de cartolina que estava na mochila dele e fez um desenho bem escabroso. Foi até à mesa delas e depositou a porcaria, voltando a sentar-se em seu lugar. Eu e o Pádua observávamos, se bem que com muita estranheza, porque normalmente, aqui nos nossos rincões, quando um não quer dois não brigam e estava claro que nenhuma das meninas queria nada com eles, nem com ninguém, porque estavam empolgadas em conversar entre si naquele ambiente sofisticado de Copacabana. Elas certamente moravam no subúrbio. Ainda havia a lembrança da tragédia de uma garota chamada Aída Jacob Curi, que foi estuprada e morta por meninos ricos do Rio, havia então dez anos, e lançada do alto de um prédio da avenida Atlântica, bem ali onde as moças estavam. Foi uma história revoltante. Naquele dia, o episódio ainda estava fresco na memória de todos, inclusive na minha e na do Pádua.

Uma das moças amarfanhou com fúria a cartolina ofensiva, levantou-se, foi até à mesa do desenhista e arremessou-a no colo dele. Em seguida, voltou para sua mesa e se sentou. "Mas que merda!", disse o cara. "Esta menina vai tomar uma porrada". Nesse momento, eu e o Pádua franzimos os cenhos e nos olhamos. Até hoje, quarenta e sete anos depois, juro que me dá taquicardia ao relembrar esse episódio. Estabeleceu-se entre nós um breve diálogo:

— Ela vai mesmo tomar uma porrada deste cara? — perguntei.

— Não vai, não — Pádua respondeu.

Como que tangidos pela batuta de um só maestro, nós e os rapazes nos erguemos das cadeiras. Em três passos, eu e Pádua estávamos entre eles e as moças.

— Que tal bater em nós? — eu disse, fitando o desenhista.

O cara estacou, surpreso. Olhou para nós, incrédulo com a vinda do nada de dois sujeitos de terno e gravata, e eu ainda de sobretudo. Nada disse. Nem nós. Olho no olho, fomos nos estudando. Os três carinhas pareciam os sobrinhos do Pato Donald, de tão idênticos que eram. Recém-saídos dos vinte anos, bastante fortes, nadadores, talvez. Pádua e eu fazíamos uma barreira bem sólida entre eles e as moças. O desenhista escabroso calçava um mocassim elegante, inapropriado para uma briga. Se tentasse chutar, eles sairiam voando. Não vi os pés dos outros. Pés são importantes numa briga. Eu mesmo calçava um par de Scatamacchia preto, de ponta fina e dura, bem atados com cadarços. O piso era acarpetado, sem risco de escorrego. Fiquei animado. O fato é que éramos homens feitos, cerca de cinco anos mais velhos que eles. Isso importa. O confronto mudo durou alguns segundos, em seguida o desenhista desviou o olhar e disse que não estava ali para brigar, mas sim para catar mulher. E sentaram-se.

Apesar de incontinentes, voltamos para a nossa mesa, um pouco trêmulos. As meninas pediram a conta, pagaram e foram embora. Voltamos a conversar, sem tocar no assunto e sem olhar para a mesa dos caras. Não queríamos abusar da sorte. A certa altura, arrisquei uma olhada e só havia dois deles. Dali a pouco o terceiro voltou, com mais quatro. E aí foi chegando gente. Juntaram mesas e pediram cervejas. E chegando mais. Alguns não entraram no bar, que era aberto como uma varanda. Ficavam encostados nos carros, conversando entre si e nos olhando de soslaio. Quando contamos onze deles, vimos que o caldo ia engrossar. Era melhor encarar logo de uma vez antes que chegassem mais.

— Vou ao banheiro — eu disse —, e se na volta eles estiverem quietos a gente se manda. Pádua concordou e ficou ao lado da nossa mesa, de prontidão. Pra chegar lá, eu tinha de passar pelas mesas deles. Marchei para o banheiro, passei por eles, que nada fizeram. Ao voltar, vi que estavam todos amontoados em torno das mesas, uns de pé, outros sentados, e calados. Quando passei, o desenhista, sentado, pôs a perna para impedir. Chutei-lhe a canela e o tempo fechou. Eu e Pádua ficamos lado a lado e lançamos tudo que nos caía nas mãos sobre eles. Garrafas, copos e cadeiras voaram pelos ares. Num instante erguemos uma mesa para servir de escudo. Batemos e apanhamos muito por coisa de dez minutos, até chegar a polícia. Os clientes contaram toda a história, com muita simpatia para o nosso lado. "Um massacre contra estes dois homens de bem", disse uma senhora toda solícita. Não chegou a tanto, mas realmente quase fomos massacrados.

No frigir dos ovos, pagamos a conta e fomos embora, no carro do Pádua, o corpo todo moído e escoltados pela polícia até o nosso hotel.

Partimos no dia seguinte, silenciosos, porque falar doía muito.

Agora vejam: formado, noivo, querendo me casar e também prestar residência em cirurgia geral lá longe da minha província, na grande metrópole. Ultimato: "Se for passar dois anos lá fora, sem mim, quando voltar, vai me encontrar casada com o...", meu colega de turma, rico e bonitão, louco por ela. Esse era o meu fantasma, mas ela jamais dissera isso. Não sei se chegou a pensar, mas achei melhor não arriscar: prestei concurso para médico da Petrobrás, passei e me casei, não sem antes conseguir três meses de estágio em cirurgia-geral na cidade grande.

Depois a coisa começou a me entediar, não o casamento, e sim aquela história de ser médico do trabalho. Deixei o emprego da Petrobrás. Fui trabalhar como cirurgião na Previdência Social. Eu ainda encontrava tempo para ser professor-auxiliar na faculdade. Também operava em hospital de cidades próximas. Minha esposa cursava a faculdade de medicina. Uma loucura. Só na casa dos vinte anos esses heroísmos são permitidos.

Era 1970. Comprei um Karmann-Ghia do ano para poder ir e vir depressa e com segurança entre as cidades de Maceió e Penedo, distantes cento e setenta quilômetros uma da outra. Fazia essa viagem pelo menos uma vez por semana, porque minha mulher Glícia ficara morando na casa dos pais, em Maceió, para continuar com os estudos, enquanto eu montei casa em Penedo para tornar-me o único cirurgião da cidade. Fui a convite do prefeito, porque o cirurgião anterior morrera de leucemia. Ele era muito bom e estabelecera serviços de cirurgia-geral nos dois hospitais da cidade, o que legou uma cultura cirúrgica a esses lugares, facilitando a minha vida.

Minha mulher às vezes vinha de ônibus passar um dia comigo e volta e meia, quando a saudade apertava, eu pegava o carrinho e desembestava pra Maceió. Era bater e voltar, porque Penedo não podia ficar muito tempo sem cirurgião. Havia um colega bem mais velho, mas bastante limitado. Entretanto estava apto a internar pacientes e preparar as coisas para quando eu voltava.

Certa noite saí da casa do sogro a uma da manhã, planejando chegar antes que amanhecesse o dia e já tocando o trabalho de madrugadinha. A estrada era ótima e eu trafegava a cento e quarenta por hora. A certa altura divisei ao longe, por meio da tênue neblina, duas pessoas que caminhavam no meio da pista, indo no mesmo sentido que eu. Os potentes faróis focaram bem suas silhuetas esguias. Eram dois homens. Naquele início de madrugada, a névoa fria umedecia o asfalto. Com o coração acelerado acionei os freios cautelosamente. Por sorte minha, o carro permaneceu deslizando em linha reta na pista, até esbarrar a poucos metros deles. Só então eles se dirigiram para o acostamento, à minha direita. Estávamos a quinze quilômetros do último povoado, Fernão Velho, e a quarenta quilômetros de Maceió. Eles deviam estar andando havia um tempinho bom.

Quem eram aqueles caras?

Engatei uma primeira e fui me aproximando, devagar. Abri o vidro do carona e me preparei para xingá-los. Nesse momento, os faróis de um caminhão gigantesco que vinha em sentido contrário os iluminou, e pude vê-los com nitidez. Um era calvo e o outro, grisalho. Suas faces tinham uma cor enxofrada, estranha. As roupas eram de cor cáqui e tão remendadas que pareciam uma colcha de retalhos. Suas camisas de mangas compridas estavam para fora das calças.

Santa pobreza, pensei.

— Pra onde vão? — perguntei, desistindo de xingá-los.

— Arapiraca — respondeu o calvo.

— Vêm de onde? — eu quis saber, falando só com vultos, pois não havia lua e a neblina esmaecia a luz das estrelas.

Eles estavam na lateral do meu carro, fora do alcance dos faróis. Então recuei um pouco o auto e os iluminei. Suas figuras ficaram mais nítidas, sem que os faróis incidissem diretamente neles. Pude reparar melhor. Não portavam maletas nem trouxas. Suas roupas pendiam no corpo como num cabide.

Eles estavam parados e voltados para a janela aberta do carro, um ao lado do outro, a me fitar. Não me responderam. Percebi a extrema magreza dos rostos e o médico em mim assumiu. Estavam doentes. Desnutridos. Mas de onde vinham caminhando no asfalto ermo em plena madrugada? Certamente não tinham dinheiro para ônibus. Era provável que contassem com bigu dado por algum caminhoneiro. E seus pertences pessoais, onde estavam?

— Subam aqui que lhes levo lá.

Eu teria de fazer um longo desvio para chegar a Penedo via

Arapiraca. Estimei em oitenta quilômetros, ou mais. Mas eu tinha tempo antes de começar a trabalhar nos hospitais. E aqueles caras eram comoventes em seu desemparo. Veio-me à cabeça meu adágio preferido: "Se eu não for por mim, quem será? Mas, se eu for só por mim, que serei?".

Abri por dentro a porta do carona e fleti para frente o encosto do banco, pois havia papéis e livros no assento. Eles não hesitaram e foram entrando, curvados. Notei o que calçavam: alparcatas sertanejas velhíssimas de couro cru, cambadas, com tiras rotas, como se fossem chinelos. Sentaram-se no banco de trás. Acendi a luz interna e a mantive assim. Um pouco apreensivo eu estava.

Reencetei a marcha. Pelo retrovisor, podia vê-los bem. Que expressões eram aquelas? Difícil dizer. Iguais, uma à outra. Algo atônitas, como se não entendessem por que estavam ali, sendo levados para o seu destino por um desconhecido, num carro novo de passeio. Trabalhadores rurais, na certa. Cortadores de cana, habituados a labutar muitas horas por dia em silêncio, ensimesmados, sob sol crestante, sofrendo dores por causa da repercussão no corpo dos choques vindos dos golpes violentos que o labor exige. O grisalho coçou o nariz e pelo retrovisor pude ver bem sua mão. Nada de calos, unhas limpas e cortadas rentes.

Seriam egressos de algum hospital? Tiveram alta para se tratar em casa? Ou fugiram de algum manicômio? Mas loucos não pareciam; não se agitavam nem falavam asneiras. Suas faces opacas não tinham estigma de doenças. Nem inchaços nem palidez. Tampouco magreza de moribundo típica do câncer, com olhos encovados e protrusão de dentes. Então o quê? Eles eram pardos. E a cor tão peculiar da sua pele era porque há muito e muito não tomavam sol. Os caras deviam era estar presos na cadeia por uma eternidade! Haviam escapado. Na nossa terra só quem mata para roubar pegava tantos anos em total confinamento. Suas roupas feitas de remendos era porque ninguém lhes comprara novas. Estavam entregues ao próprio diabo. Então fugiram.

Eram latrocinas fugitivos!

O velocímetro do Karmann-Ghia bateu nos cento e sessenta quilômetros por hora na estrada reta da grande planície que nos levava a Arapiraca.

— Sabem que nessa velocidade todos morremos se este carro virar — falei com voz de falsete.

Silêncio total. Fisionomias impassíveis.

Momentos de angústia. Medo retinto. Ninguém é tão destemido quanto julga, podem crer.

Divisei ao longe um posto de gasolina que tinha um restaurante aberto a noite toda e era parada de ônibus. Estacionei ali.

— Posso emprestar um dinheiro pra vocês pegarem o ônibus de manhazinha para Arapiraca? E fui metendo na mão do grisalho uma grana suficiente.

Abri a porta e eles deixaram o carro.

Nem me agradeceram!

Aguentei um ano e meio nessas idas e vindas. Depois consegui bolsa para estágio em um grande centro e me mudei com a família. Minha esposa havia conseguido uma licença para vir comigo e prestar o último semestre do seu internato na cidade grande. Terminado o estágio, consegui uma transferência do meu vínculo empregatício. Quando fui saber para qual unidade eu seria destinado, pedi para não ser designado para plantões, e sim para ambulatórios, a fim de triar clientes para cirurgias. Fui atendido. Fiquei feliz quando me perguntaram gentilmente em que posto ambulatorial eu gostaria de atuar, em relação à proximidade da minha casa etc.: "Um lugar que tenha muitos pacientes e poucos cirurgiões". E assim foi.

As novas gerações não sabem que o INPS era absolutamente fundamental para os cirurgiões da época, salvo raras exceções. Lutava-se para ser admitido, até como plantonista, para então, depois de algum tempo, pleitear uma locação em posto ambulatorial, porque era daí que os pacientes eram triados. Só assim podiam, os cirurgiões jovens, adquirir experiência. Eu tive o imerecido privilégio de estar na linha de frente, ir direto para um ambulatório. Os operados retornavam obrigatoriamente para o cirurgião-assistente, para fins de seguimento. Nossos resultados podiam ser aquilatados.

Mas havia um problema. E que problema! Havia uma cota obrigatória de consultas e intervenções, poucas, que o cirurgião tinha de preencher para fazer jus ao seu salário fixo. Nenhum centavo seria acrescido em função de intervenções excedentes. Salvo, é claro, para os príncipes do INPS. Esses tinham direito de receber a remuneração de tantas quantas intervenções fizessem além da cota, até um limite que montava cinco vezes os salários dos comuns, como eu. Era a famosa — ou famigerada — segunda tarefa. Qual o critério para obtê-la? Mistério profundo. Jamais saberei. O certo é que fiz de tudo, durante anos, para ter direito à chamada segunda tarefa. Falei com Deus e o mundo. Percorri os corredores dos ministérios, contatando parlamentares amigos, falando com conterrâneos meus, assessores do Poder Executivo. Até conseguia cartas de recomendação para os burocratas e presenciava, em gabinetes de gente situada em altos postos, telefonemas, nos quais a segunda tarefa era enfaticamente solicitada para mim. Como resultado, só ouvidos moucos. Foi uma luta perdida, derrota que ainda hoje dói.

Houvera eu logrado obter a segunda tarefa, e minha vida universitária teria sido outra, estou certo disso. Minha grande ambição era um dia poder me agregar a um serviço cirúrgico acadêmico. Havia pessoas que me acolheriam. Entretanto, não havia dinheiro. Meu salário era insuficiente, e minha esposa prestava residência. Nessa altura, já tínhamos dois filhos. Tive de optar por deixar de lado os meus planos acadêmicos. Não havia mais tempo para nada, senão para um labor incessante visando a sobrevivência e a educação dos filhos, que logo já eram quatro. Idas e vindas, muitos percalços e também gratas recordações.

As amargas, não; essas estão mortas.

15.

O bom filho à casa torna

No início de 1982, tive de voltar para minha terra, Alagoas, porque nossa fazenda estava com sérios problemas de administração. Havia o risco de ela vir a ser engolfada pela usina de cana-de-açúcar, que se instalara no terreno vizinho. Conseguimos recuperá-la.

Nessa época, remexendo nos papéis do Barão de Penedo, deparei-me com sua carta-memorando para o imperador D. Pedro II, datada de 1860, na qual ele expunha a estratégia que montara à frente do ministério de Negócios Exteriores, visando obter permissão para a entrada no Brasil de significativa leva de imigrantes libaneses, vítimas de guerra civil.

O Barão fora levado a isso porque o consulado do Brasil, em Beirute, estava lotado de pedidos de asilo para muçulmanos fundamentalistas, prensados no conflito druso-maronita, com os ingleses a favor dos drusos e os franceses apoiando os maronitas, os russos a secundar os greco-ortodoxos, e ninguém a proteger os muçulmanos sunitas e xiitas.

Somente em 1861 o Império Otomano, que gerenciava o Líbano, firmou tratado com as potências ocidentais, de modo a oferecer alguma proteção aos diversos grupos religiosos. Antes disso, foram as gestões do Barão junto ao Império Otomano que pôde salvar, mediante traslado para o Brasil a bordo de três fragatas e seis corvetas da Marinha de Guerra Brasileira, cerca de duas mil famílias libanesas muçulmanas, acossadas em seu país por causa de suas crenças religiosas e sem proteção de quem quer que fosse. Importante contingente desse pessoal veio ter às costas nordestinas e ali se fixou.

Foi defronte da mesquita mantida por seus descendentes, na cidade de Coruripe, próxima à nossa fazenda, que estaquei meu cavalo, naquela manhã radiosa de outono, com a terra ainda fresca do inverno e a vegetação persistindo em seu verde brilhante encantador.

O prédio da mesquita era recuado da rua arborizada e aprazível. Naquele dia havia jovens crentes sentados na amurada, outros de pé, no amplo pátio, todos em animada conversa enquanto aguardavam a hora do culto religioso.

Eu montava um andaluz ruço. Cautelosamente, adentrei um pouco o pátio da mesquita, que era aberto. A beleza do animal encantou a garotada do entorno, que me interrogou sobre ele.

— Seu nome é Queluz — expliquei — e, apesar do nome, não é da raça lusitana.

Ainda montado, retirei o pé direito do estribo, passei a perna adiante do meu corpo, por sobre o dorso do bicho, apoiando-a na base do seu pescoço. Assim cômodo, relancei o olhar sobre o grupo e logo se destacou uma moça alta, magra e bem proporcio-

nada, guardando uma postura muito elegante. Sua face era típica das mulheres árabes, com grandes olhos escuros, nariz afilado, boca bem delineada e rosto simétrico e agradável, com tez amorenada. Longos cabelos negros e lisos, naturais, caíam-lhe sobre os ombros. Trajava blusa clara, de mangas compridas, feita com tecido fino, mas não transparente, com estampas em azul, cobrindo parcialmente a calça comprida preta algo folgada, e parando a meio palmo acima dos joelhos. Nas delicadas orelhas, brincos pingentes cor de esmeralda. Nos punhos, pulseiras douradas.

Sentindo meu olhar acolhedor, ela veio em minha direção e acariciou levemente o focinho do animal, que elevou as orelhas, fitou-a de esguelha e soltou um meio relincho gutural de pura satisfação. Eu cumprimentei a moça e perguntei-lhe o nome: Fadila (Fada não?, trocei com meus botões). Olhava-me de baixo para cima, com a mão livre sobre os olhos, à guisa de para-sol, tendo o rosto franzido, numa graciosa careta.

— Segure o bicho — eu pedi, e ela, percebendo minha intenção de apear, de pronto parou de acariciar o focinho do animal e, atendendo ao meu pedido, empalmou firmemente as duas rédeas bem perto da mandíbula do cavalo.

Deve ser uma amazona, eu pensei.

De minha posição, sentado no cavalo, firmei-me no estribo esquerdo e, fazendo apoio manual no dorso do bicho, saltei fora da sela bem atleticamente para os meus quarenta e dois anos. No chão, sorri para Fadila em agradecimento, e substituí sua mão na rédea pela minha, conduzindo então a montaria para perto de um mourão de madeira, de onde pendiam várias argolas de ferro grosso, numa das quais enganchei a corda do cabresto de fita de couro.

Depois disso, dediquei toda minha atenção a Fadila:

— Você monta?

— Às vezes, mas não um cavalão como este.

Um grupinho aproximou-se.

— Meus amigos — declarou Fadila, com um gesto abrangente: — Habib, Kalila, Samir e Laila.

Cumprimentei a todos com um aperto de mão, exceto Kalila, que não aceitou minha mão estendida "por ser proibido", disse, desculpando-se muito.

Neste momento um carro escuro adentrou o pátio, estacionando perto de nós. O condutor era um homem ainda jovem, trajado todo de preto, de barba muitíssimo bem tratada e cabelos fartos, caprichosamente cortados.

— Belo animal — disse sorridente, fitando-me nos olhos, enquanto saía do automóvel.

— Obrigado.

Via-se que estava curioso a meu respeito, todo eu trajado a cavaleiro, de botas longas e culote, capacete hípico na cabeça, que logo retirei, num gesto de respeito.

— Sou o xeique Mohammed bin Rashid, responsável por esta mesquita — disse ele, abrindo um sorriso encantador. — Em que posso servi-lo?

Pude sentir o grupinho todo partilhando do questionamento.

— Sabe o que é, prezado xeique — tenho este vezo de chamar todo mundo de prezado quando me sinto algo na defensiva —, é que sempre tive vontade de saber o verdadeiro grau de aderência dos jovens muçulmanos que vivem na sociedade brasileira às normas de comportamento preconizadas por Alá e reveladas no Alcorão pelo profeta Maomé. Quero dizer — apressei-me em acrescentar — mais do que mera curiosidade, é também o desejo de compreender melhor, como médico, os meus pacientes islamitas.

O xeique e os outros logo manifestaram boa disposição em me esclarecer o que quer que fosse. Então, de conversas cordiais nesta e em outras oportunidades, pude colher depoimentos elucidativos.

Conversando com o xeique, ele me ensinou que a menstruação era claramente definida pelo Alcorão como uma impureza. Disse-me haver cinco colorações de menstruação: vermelho claro, vermelho escuro, marrom, preto e amarelo (na minha ignorância de infiel pensei que esta última era infecciosa). Havia como purificar as mulheres depois do ciclo, contanto que este fosse breve, porque, se prolongado, certamente seria um artifício de Satanás. Neste caso, a mulher deveria rezar e jejuar por vinte e três ou vinte e quatro dias e noites.

Habib, trinta e quatro anos, pequeno empresário, encarava de forma convencional as leis e ditames islâmicos. Seguia-os à risca, segundo ele. Indagado sobre como os homossexuais deveriam ser tratados, respondeu: "Com respeito e à distância". E os homossexuais islâmicos? "Estes não existem; não há homossexuais islâmicos". Na visão de Habib, os terroristas árabes eram mercenários a soldo dos Estados Unidos, com a finalidade de denegrir o Islã, pois "fiéis eles não são, pois o Alcorão interdita o homicídio". Seu noivado tinha dez anos. A noiva, vinte e oito. Por que não se casava logo? "Gosto de variar de mulher na cama e, na condição de solteiro, posso frequentar prostíbulos sem provocar repúdio de minha comunidade, uma vez que é consensual que um homem necessita de relações sexuais. Caso contraia matrimônio, terei mulher em casa à disposição e não haverá desculpas para minhas escapadelas".

Kalila, dezessete anos, havia perdido a mãe fazia pouco tempo; por isso tinha o acompanhamento de um psicoterapeuta. Era consolada pela presença assídua do pai, atencioso e carinhoso, "com o qual tudo conversa". Nunca tinha namorado. Aguardava o homem certo, sugerido ou aprovado pelo pai. Muito simpática, mas não bonita, toda coberta por vestimentas, inclusive os cabelos. Óculos de aros espessos disfarçavam seus olhos. Gentil. Quando menstruada fazia os rituais de purificação e observava as interdições da Sharia.

Tudo na vida de Fadila, vinte e quatro anos, estava ligado ao islamismo. Com curso superior na área da saúde, inteligente e articulada, era dona de beleza extraordinária, perfeita. Uma islamita que, havia dez anos, fazia voluntariado em trabalho social da mesquita, dedicada que era a dar apoio aos fiéis e à militância no proselitismo religioso. Nascida ali mesmo em Coruripe, de numerosa família libanesa de classe média alta, era muito religiosa. Tinha parentes seus no Líbano, visitados por duas vezes nos seis anos anteriores.

— Pelejo para seguir à risca a palavra do Profeta — ela diz com voz suave, pausada e baixa, e olhos brilhantes, que nunca fitam o interlocutor —, mas muitas coisas exigem sacrifício imenso e ainda não logrei vencer essa barreira.

Eu penso logo em concessões aos apelos sexuais que certamente recebe, mas não:

— Vivo em pecado porque não uso véu e me maquio.

Apesar de continuar virgem, era casada no religioso com um

colega da mesquita, tendo recebido do xeique a bênção matrimonial. A razão da permanência da virgindade apesar de casada?

— Não é decente ter relações com um homem, mesmo que seja meu marido, e retornar depois disso para a casa de meus pais, onde moro até hoje. Espero que em breve haja condições financeiras para termos nossa própria casa, e então tudo será consumado. Além disso, se meu marido morrer enquanto eu estiver habitando a casa de meus pais, sem nunca ter compartilhado o mesmo teto que ele, não serei considerada uma viúva, e sim uma mulher que perdeu a virgindade e, nessa condição, jamais serei tomada como esposa por outro homem. Serei tida como viúva apenas se tiver coabitado com meu marido, e dessa forma poderei contrair núpcias de novo, depois de um tempo.

Quanto às pessoas promíscuas e mesmo monogâmicas solteiras que praticam sexo antes do casamento, Fadila foi taxativa:

— Vivem em pecado.

Tinha conceitos morais muito rígidos, Fadila: na adolescência denunciou um professor que assediava colegas suas, provocando-lhe a demissão. Na opinião dela, homossexuais são seres corrompidos e merecem forte repulsa, mas revela que teve amigo gay na adolescência e o amava fraternalmente. Também se lembrava de como se apiedou de um menino de sete anos de idade que conheceu algures, repleto de trejeitos efeminados e brincando de bonecas, não crendo ela que a criança fosse merecedora de danação. Aos catorze anos, apaixonou-se, mas manteve seus sentimentos sob total controle. Estreitou contatos sociais com o rapaz, a ver se era correspondida, mas recuou para as sombras quando percebeu que não.

Em tese, poderia conviver com par de lésbicas, contanto que elas se abstivessem de trocar carícias em sua presença. Entretanto, como fazer para livrar-se do castigo eterno, já que ela própria vivia "em pecado"? Simples:

— Faço muitas coisas boas, Alá minimiza as culpas de pessoas assim como eu, ao tempo em que multiplica os créditos das boas ações. Desse modo, julgo que não terei muito a dever. De qualquer forma, espero Dele a força suficiente para passar a usar o véu, parar de me maquiar e começar a me enfeitar apenas para o meu marido.

Havia salutar tolerância da mesquita frequentada por Fadila, com suas maquiagens e roupas, que eram decentes para os nossos padrões brasileiros, porém charmosas e valorizadoras por sua beleza.

E as idas periódicas aos prostíbulos por parte de Habib, o noivo eterno.

É o jeitinho brasileiro.

Foi naquela época que um acidente automobilístico muito violento transformou nossas vidas. Múltiplas lesões, prolongadas internações hospitalares. E sequelas. Minha esposa precisava de cuidados especializados de reabilitação ortopédica. Eu me tornei um farrapo humano, viciado em analgésicos e meio enlouquecido.

Neste momento da vida, como um rato correndo para o buraco ou, melhor, como quem busca o regaço materno num instante de aflição, procurei reciclar os meus conhecimentos. Nas enfermarias e centros cirúrgicos dos hospitais em que fiz minha formação. Mais ainda: queria reencontrar um jovem cirurgião cheio de sonhos que havia muitos anos ali havia estado. Depois de alguns meses de estágio, convivendo com aquela gente toda — "Junta-te aos bons e serás um deles" —, estava eu, de novo, quase em forma. Foi quando um bom amigo me colocou em curso de pós-graduação. Sei que esse colega tem um acervo tão grande de bondades a apresentar a São Pedro — num dia, oxalá, muito distante —, que terá de pedir emprestados os trenós de Noel, com todas as suas renas, para transportá-las. Mas ele deve também incluir nessa bagagem a minha vida.

Recém-saído da borrasca, adentrei a bonança. Nau sólida, marujos robustos e hábeis, timoneiro experto, rota nítida. Precisos, a direção e o sentido. Um norte. Para arrematar, convivência diária com meus ídolos da cirurgia. Bons tempos! Poderia dizer igual a Gonçalves Dias, em I-Juca-Pirama: "Por ínvios caminhos, cobertos d'espinhos, chegamos aqui". Com um ligeiro atraso de apenas vinte anos. Consolei-me: outros velhotes puderam obrar bem e profusamente, a despeito da idade. Por que não eu?

Fui em frente.

Mestrado e doutorado num longo mergulho de quatro anos, cego e surdo a tudo que não fosse metodologia da pesquisa científica. Pudera: minha ignorância na área era mesmo um espanto. Aos sábados e domingos, trancava-me na sala do professor, na universidade, para compilar os seus livros. Os trocados que vieram da venda da fazenda estavam prestes a se extinguir. Ainda bem que eu tinha arrimo de família que se desdobrava nos plantões hospitalares de fim de semana: minha mulher, anestesista — sim, aquela mesma do ultimato fictício.

Aos trancos e barrancos, tornei-me mestre e doutor. Aí, sim, pude contribuir. Turmas e turmas passaram por mim. Tenho a certeza de que saíram melhores do que entraram. Engajei-me no ensino e pesquisa na pós-graduação, sem esquecer os neófitos. Sinto-me muito bem lidando com estes últimos, os alunos da graduação. Egos ainda não hipertrofiados, permitindo uma abordagem científica dos temas isenta de paixões. Nessas circunstâncias, as discussões costumam gerar mais luz que calor, o que é ótimo. Também gosto de orientar a turma grisalha. Uns e outros me ensinam muito.

16.

O funeral

Muito recentemente, decidi viajar de volta à terra que outrora nos pertenceu, atormentado pelas lembranças cada vez mais esmaecidas do engenho Glória, fincado no vale do rio Coruripe —, tão belo, que se dizia ter sido formado por uma pegada de Deus —, na zona da mata do Nordeste do Brasil. Quis ir até lá para constatar, no local, o que já temia desde que a vendemos à usina, há trinta anos, isto é, o seu total desmantelamento.

No instante em que o projeto da minha viagem se fez inelutável, uma nuvem acinzentada baixou no horizonte de minha mente e nenhum raio de sol pôde rompê-la. Duvidei se, chegado ao meu destino, provaria da goiabada, que se aprontava no velho tacho de cobre sobre o forno a lenha. Temi que cão-mateiro pudesse ter se esgueirado por entre as varas da cerca do quintal da casa-grande e devorado os pintainhos pedreses que faziam o meu encantamento, há tantos anos sem minha proteção. Alpiste faltaria aos pobres passarinhos nos comedouros das gaiolas. Goteiras pingando no interior da casa-grande poderiam, agora mesmo, estar arruinando os estofamentos da sala de estar, ou infiltrações de água no interior do oratório pondo em perigo os próprios santos. As fotos dos mortos da sala do piano poderiam estar apodrecendo, as faces deles carcomidas pelo tempo.

Na véspera de minha visita, deitado na rede da varanda da pousada onde me hospedara, eu mirava o mar, encapelado sob o forte vento, com suas grandes ondas seguidas umas às outras, num desfilar contínuo. Meu avô paterno velejara por esse mar bravio, com suas barcaças abarrotadas de sal, sob as intempéries. Havia de suportar os estudos dos cinco filhos.

Vejo com clareza, aproveitando a maré vazante, as formações rochosas revestidas de corais esponjosos, macios ao toque, que se estendem ao longo da praia.

Íamos ali para cavalgar por sobre as rochas escorregadias, acolchoadas de algas marinhas. Partíamos da fazenda, em dias de domingo, logo cedo. Antes, havia o banho de banheira com água aquecida numa chaleira, no fogão a lenha. Depois, era o ritual de pôr as roupas apropriadas para montar e, então, calçar as botas com capricho.

No pomar da casa-grande, a visão do meu cavalo selado, aguardando-me no sol cálido da manhãzinha, foi a mais auspiciosa imagem que jamais pude contemplar em toda a minha vida. O bicho tomou-se de amizade — não digo de paixão, porque era castrado — por uma mula baia de sete palmos de altura chamada Cumparsita, em homenagem ao tango, e era admirável ver como andavam sempre em dupla ao longo dos pastos.

Nessas cavalgadas dos domingos, passávamos pela feira do

povoado, suplementando com arroz doce, mugunzá e tapioca o já farto café da manhã da casa-grande. Gulodice de criança. No caminho para o mar, visitávamos casas de parentes à beira da trilha e, às vezes, havia milho cozido em seus alpendres; ou um pequeno cálice de licor de jenipapo, isso no caso de estarmos molhados de chuva. Quando chegávamos à praia, léguas adiante, a tarde já chegara, e estávamos exaustos e felizes.

Íamos a cavalo, sim, nessas excursões infantis. Mas hoje, desta vez, cheguei aqui montado em milhares deles, miríades de cavalos de força que moveram por muitas e muitas léguas a aeronave que me trouxe de São Paulo, e por um punhado de quilômetros o potente auto que dirijo agora.

Devo ir até o Glória.

Parti para lá, saindo da pousada, com travo amargo na boca. Foi difícil encontrar o local da antiga feira que acontecia no povoado no lado do vale bem em frente ao engenho. Nem o povoado existia mais. Pergunta aqui e ali e, finalmente, abordei um caboclo sentado num posto de combustíveis, bem no sítio que minha memória acusava ser o local da feira. Ele me explicou como fazer para acessar a estrada vicinal, dotada de ponte sobre o rio, cruzando o qual eu chegaria ao outro lado do vale, nas terras da antiga fazenda que buscava.

Surpreendi-me com os dizeres de uma placa na entrada da ponte de madeira: Ponte O Glória, desta exata maneira. Cruzando a ponte e seguindo a estrada, logo depois chego ao sopé da montanha, onde a trilha terminava e, dobrando-se à direita, antigamente chegava-se ao coração da fazenda. Faço isso agora e, após uns poucos quilômetros, espero ver o grande largo abrindo-se à minha frente, com bois e cavalos nas pastagens, Cumparsita e Beijinho namorando castamente e, mais adiante, à direita, a casa modesta, mas confortável, caiada de branco, do imigrante do norte de Portugal e ancestral administrador de nossas terras, o Pai Velho, de magreza espectral, sempre com a Mãe Velha nas redondezas, quase diáfana de tão magra, e as três moças, louras, bonitas, na varanda, suas filhas, gente caseira.

Na frente dessa habitação, eu veria o oitão da casa-grande, erguida há duzentos anos, com pé-direito muito alto, alvenaria esmerada, muita madeira de lei nos pórticos, azulejos coloridos, pisos de mármore. Lá dentro, móveis pesados, cristais, pratarias e porcelanas, oratório, e a sala do piano com as fotos dos que se foram.

Mas nada disso pude ver, pois a estrada não se abria e o carro não alcançava descampado algum, nem pastos, nem frondosas árvores cheias de frutas, as mais diversas. Só canas altas de lado a outro, tudo fechando, como uma floresta alta, cerrada, medonha, com seus tufos de raízes ásperas cravando a terra preta de massapê e seus colmos erguendo-se para o céu quais longos pescoços espectrais que, tangidos pelos ventos, meneiam de um lado para o outro e suspiram tristemente na solidão, com um sussurro confuso e opaco, semelhante ao murmúrio de uma torrente subterrânea.

Nenhuma fresta.

A sensação de sufocamento começou a me inquietar. Retorno por onde vim, agora convencido de que sim, de fato, a nossa fazenda, vendida há trinta anos, se fora embora para sempre, perdida na imensidão do canavial que tudo preencheu.

O Glória, esse jaz sepultado.

A artista

Julia Contreiras nasceu em 1990 em São Paulo. É formada em design pela FAU-USP e atualmente é pós-graduanda na mesma instituição. Faz pesquisa de mestrado sobre artes gráficas e o universo do livro. Profissionalmente atua na área do design editorial e das artes plásticas, além de participar do coletivo de gravura Atalho Gráfico. Nos últimos anos participou de exposições individuais e coletivas, além de feiras de publicações independentes na cidade de São Paulo.

O autor

João Luiz Azevedo, alagoano, nasceu em 1940. Estudou Medicina na Universidade Federal de Alagoas. Fez mestrado, doutorado e livre-docência na Universidade Federal de São Paulo, onde é professor aposentado do departamento de cirurgia e atual orientador do Programa de Pós-Graduação em Medicina Translacional. Durante dois anos foi professor visitante de videocirurgia na Universidade de Lyon, França. Voltou-se, posteriormente, para a área da literatura, quando concluiu o curso de pós-graduação em formação de escritores pelo Instituto Superior de Educação Vera Cruz. Além de continuar com suas atividades cirúrgicas e científicas (cirurgiaonline.med.br e cirurgiadaobesidade.med.br) e da metodologia da pesquisa em ciências da vida (metodologiaecienciasdavida.blogspot.com.br), dedica-se também à publicação de contos, poemas e crônicas em seu blog literário (professorjoaoluizazevedo.blogspot.com.br).

Agradecimentos

Agradeço à minha irmã, Vivice, pela paciência que teve em acompanhar a penosa elaboração deste livro, desde o seu início, com sábios e decisivos conselhos. Minha eterna gratidão aos coordenadores, alunos e professores do Curso de Formação de Escritores e Especialistas em Produção de Textos Literários pelo Instituto Superior de Educação Vera Cruz, verdadeiros coautores deste livro.

Coordenação editorial e revisão Bruno Zeni
Edição de texto Vanessa Ferrari
Preparação de texto Livia Deorsola
Capa e projeto gráfico Sílvia Nastari

Dados Internacionais de Catalogação na Publicação (CIP)
(Laura Emilia da Silva Siqueira CRB 8-8127)

Azevedo, João Luiz.
Rastros no massapê / João Luiz Azevedo; xilogravuras, Julia Contreiras; apresentação, Vanessa Ferrari; capa e projeto gráfico, Sílvia Nastari. 1ª ed. — São Paulo: Editora Quelônio: 2018.
240p.; il.; 16x22 cm.

ISBN 978-85-93229-35-0

1. Ficção: Literatura brasileira 2. Literatura brasileira: autoficção 3. Literatura brasileira: memórias
I. Azevedo, João Luiz. II. Contreiras, Julia
III. Ferrari, Vanessa IV. Nastari, Sílvia.

CDU 821.134.3(81) CDD 869.93

Índices para catálogo sistemático:

1. Ficção: Literatura brasileira
2. Literatura brasileira: autoficção
3. Literatura brasileira: memórias
869.93

Editora Quelônio

Rua Venâncio Aires, 1072
Vila Pompeia
05024-030
São Paulo - SP
www.quelonio.com.br

Fontes ITC Giovanni e KonsensSten
Impressão Bartira Gráfica
Tiragem 500 exemplares

São Paulo, julho de 2018